U0543927

字
文 烛 照 未
未
TopBook

江户，原来如此

[日] 堀口茉纯 -著
杨晓钟 赵 翾 -译
曹珺红 -校译

陕西新华出版 陕西人民出版社

图书在版编目（CIP）数据

江户，原来如此 /（日）堀口茉纯著；杨晓钟，赵翻译. -- 西安：陕西人民出版社，2023.6
 ISBN 978-7-224-14951-7

Ⅰ.①江… Ⅱ.①堀…②杨…③赵… Ⅲ.①随笔—作品集—日本—现代 Ⅳ.① I313.65

中国国家版本馆 CIP 数据核字（2023）第 094228 号

著作权合同登记号：25-2023-257

EDO WA SUGOI
Text Copyright©2016 by Masumi HORIGUCHI
All rights reserved.
First original Japanese edition published by PHP Institute,Inc,Japan.
Simplified Chinese translation rights arranged with PHP Institute,Inc.
through Bardon-Chinese Media Agency

江户，原来如此
JIANGHU, YUANLAI RUCI

作　　者	[日]堀口茉纯
译　　者	杨晓钟　赵　翻
校　　译	曹珺红
出版发行	陕西人民出版社
	（西安市北大街 147 号　邮编：710003）
印　　刷	陕西隆昌印刷有限公司
开　　本	889 毫米 ×1194 毫米　1/32
印　　张	7.5
字　　数	138 千字
版　　次	2023 年 6 月第 1 版
印　　次	2023 年 6 月第 1 次印刷
书　　号	ISBN 978-7-224-14951-7
定　　价	69.80 元

如有印装质量问题，请与本社联系调换。电话：029-87205094

前言

堀口茉纯

诸位好！感谢您于茫茫书海中选择了我的这本书。我是作者堀口茉纯。

首先，想问一问大家对于江户时代的印象。

可能您的看法消极，认为江户时代黑暗无边，武士权贵作威作福，百姓受苦受难。也有人持反对意见，认为江户是一个环保型社会。喜欢时代剧、单口相声的朋友可能说不上来一二，但感觉应该还不错。而学生朋友可能会说：在学校学过江户的知识，挺无聊的，没学进去……正所谓十个人眼里有十个江户。

在我看来，江户时代是一个非常了不起的时代。在当时，特别是日本的都城江户，充满无与伦比的活力。我的这一想法源自下面这幅画。

《江户名所图会》是江户时代的人，即江户人，写给江户人看的江户名所指南（齐藤月岑等著，长谷川雪旦等绘）。下面这幅图是刊载于首页的画。

嗯？画面不是很普通吗？更确切地说好像少了点什么……对，

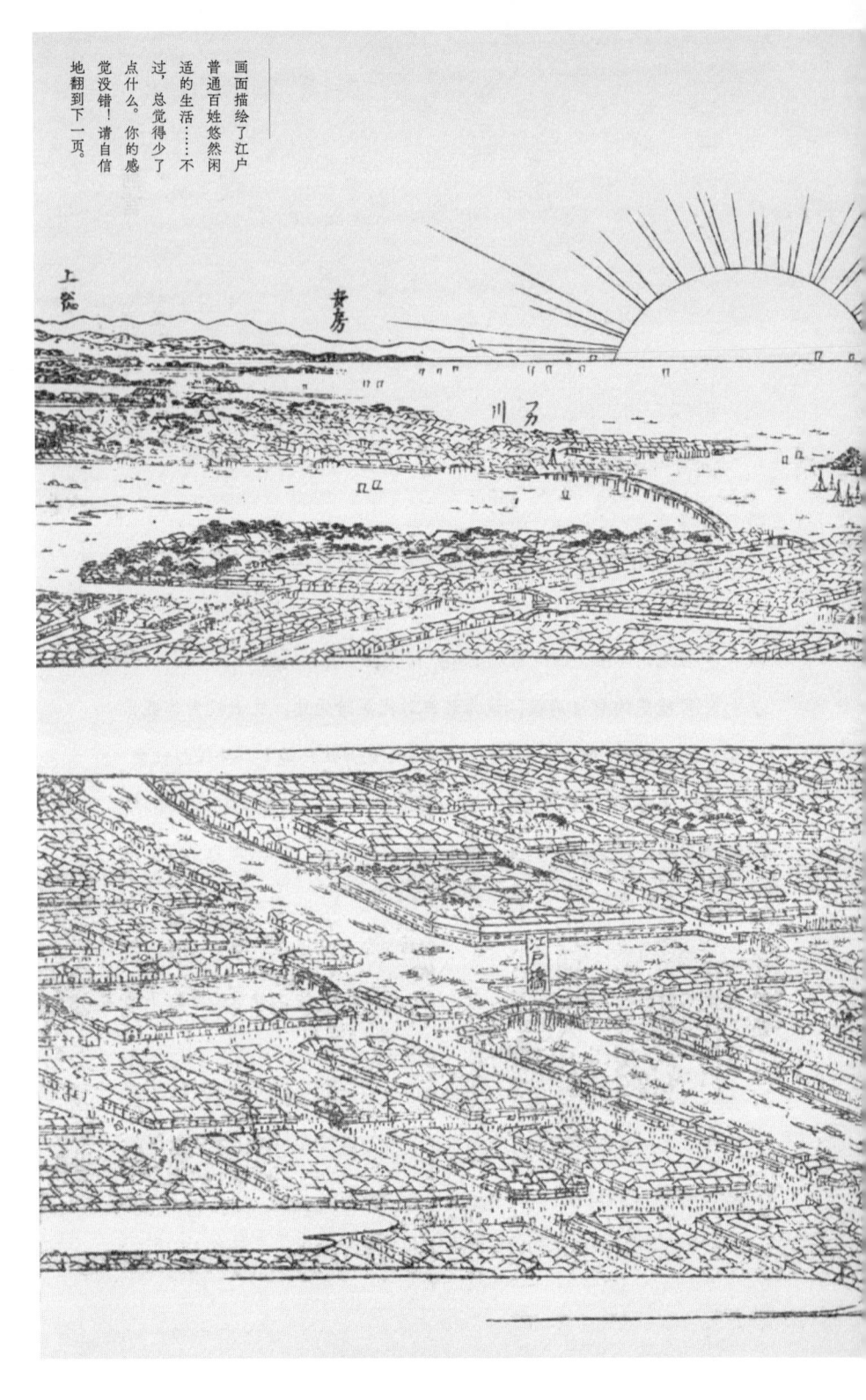

画面描绘了江户普通百姓悠然闲适的生活……不过,总觉得少了点什么。你的感觉没错!请自信地翻到下一页。

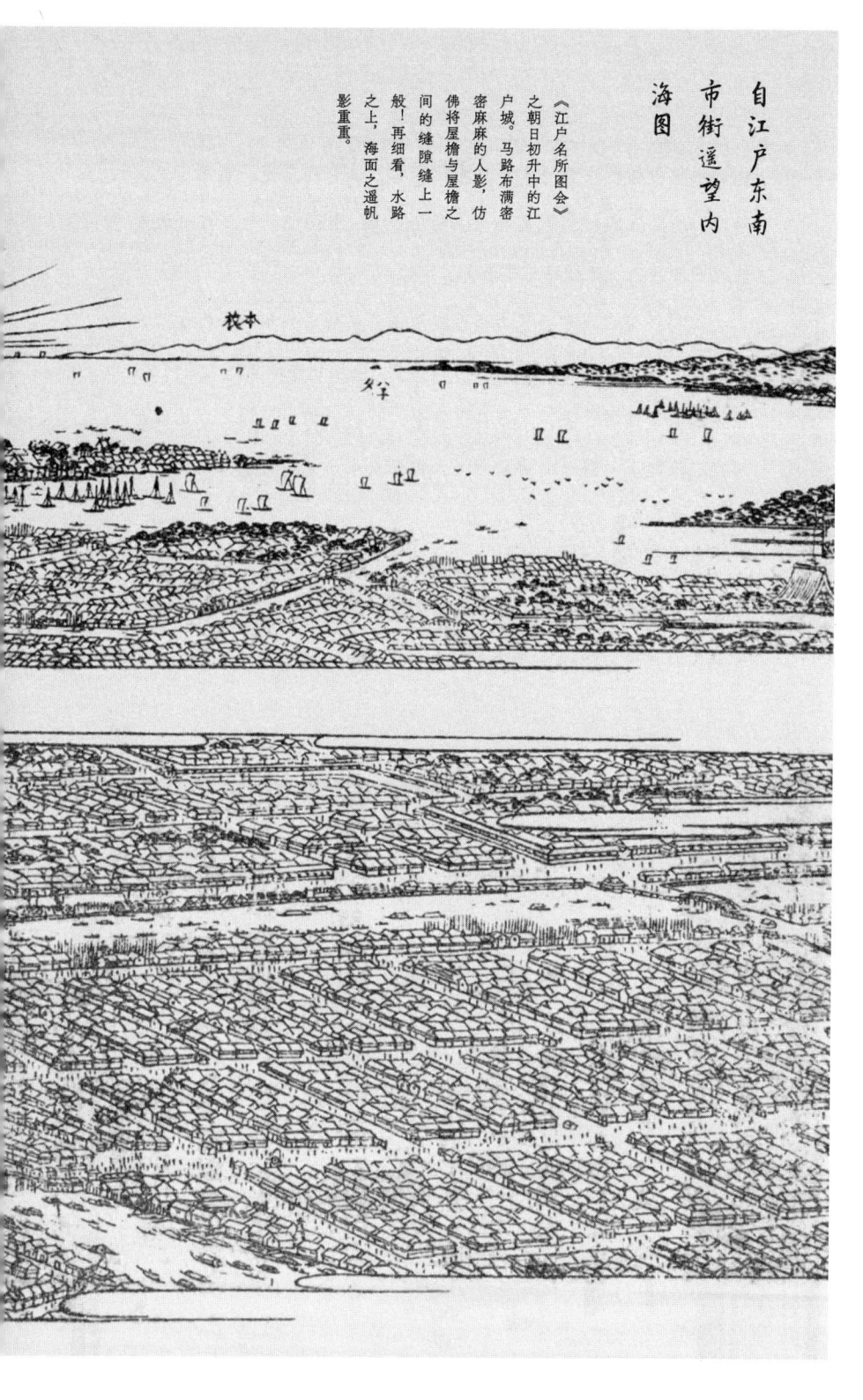

自江户东南市街遥望内海图

《江户名所图会》之朝日初升中的江户城。马路布满密密麻麻的人影,仿佛将屋檐与屋檐之间的缝隙缝上一般!再细看,水路之上,海面之遥帆影重重。

你的感觉没错！作为一本江户旅行指南，该有的东西没有画出来。没错，少了江户城堡！实际上，明历三年（1657）以后，江户城堡的天守阁缺失（原因详见本书）。

这幅《自江户东南市街遥望内海图》展现了日本桥下町至江户前海（即江户湾，现在的东京湾）的情景。熠熠朝晖铺满热闹的街区，纵横的街道铺展开去，人影重重叠叠，直将屋檐与屋檐之间的缝隙填满。水路上，遥远的海面之上，帆影点点。普通百姓鲜活的日常生活就在眼前。

这种以百姓为主角的构图很新颖，它颠覆了我一直以来认为江户是武士的天下的偏见。不可否认，江户是幕府的政治中心，在此基础上得以发展繁荣，说江户是武士之城并不为过。但其实，江户

也是以百姓为主角的都城。

江户百姓昂首阔步于这座都城的大街小巷。歌川广重著名的浮世绘《东海道五十三次之日本桥朝之景》描绘了武士队列行经日本桥参勤交代[1]的情形。画面的左下方还出现了百姓的身影，他们挑着担，忙着吆喝叫卖，看也不看武士一眼，就差来一句"大清早的正忙活着哩，可别把道给我挡了"（笑）。时代剧里常常上演的百姓屈膝跪地，目送参勤交代的大名队列时那种压抑卑屈的气氛，至少在这幅画里感受不到。

这就是江户的百姓。在为武士建造的都城里，他们享受着当时世界最高水准的基础设施带来的便捷，经营着自己的小日子，偶尔还担当一下文化发展的旗手。

本书将通过江户时代的绘画史料（部分为明治时代的史料），诸如《江户名所图会》等木版印刷书籍，以及《东海道五十三次之日本桥朝之景》等浮世绘，向各位读者展示百姓视角下有趣又了不起的江户。光是哗啦哗啦地翻阅绘画史料和注解说明的部分，就能感受到江户当时的气息。

书里除了山东京传、十返舍一九、葛饰北斋等人如雷贯耳的名作，也放进了很多我很沉迷的作品。每一幅作品都是经过我精心挑选的，

---

1. 参勤交代：日本江户时代的一种大名制度。各藩大名前往江户替幕府将军执行一段时间政务，然后返回自己的领土执政。

右下角的那只狗很妙！江户城里有很多这样的流浪狗。正如俗话所说，江户有三多，"伊势屋、稻荷与犬粪"。

目的是让对江户有点兴趣、想一窥究竟的读者，以及原本就喜欢江户、想更进一步了解的朋友都能悦享本书。图版说明及参考文献汇总于卷末，供各位参考。

另外，文中注解说明的插画、章末专栏以及江户人图鉴均为本人所画。可能有点画蛇添足，权作小菜，望请笑览。

话不多说，进入正题。

前三章的话题比较严肃，主要介绍江户都城的建立、特点以及町政情况。后三章话题比较轻松，聚焦江户普通百姓的日常生活、娱乐文化等。

下一页是本书的目录。您可以从喜欢的章节开启阅读之旅。

目录

第一章 原来竟是如此了不起！江户城下町的秘密，世界为之震惊！

规模了不起！……003

日本最强大的近代城郭……007

家康、秀忠、家光的『三代天守阁』……009

天守阁缺失的原因了不起！……011

重建能力了不起！……013

灾害都市——在江户活着这件事……015

风水了不起！……016

将门、神田明神——被布下的结界……020

基础设施了不起！……021

清洁带来繁荣……024

世界最先进的町！……028

大江户速报㊀ 天正十八年叶月号……031

江户人图鉴❶ 武士……032

第三章
嗯？看起来相当欢乐嘛（笑）！
江户町人多姿的生活

对『士农工商』的大误解……075

江户的『町人』是指谁？……078

町奉行一登场，『老大辛苦了！』……082

在町奉行手下干活的男人……085

泡个浮世风吕，放松身心……087

与力、同心的理发师每天上门服务的理由……092

宵禁从几点到几点？木户岗与自身岗……096

背街长屋，久居则安……098

大江户速报㊂ 文化年间特别号……105

江户人图鉴❸ 町人……106

第二章 城下町探险队
——欢迎加入大江户观光团！

日本桥的特色是『人潮』?!…… 035

名商汇聚的巨大商贸区…… 035

从鲜鱼到柴鱼片，河岸遍布…… 041

日本桥区域有25万人居住?!…… 046

观看大名队列…… 047

解禁！将军队列…… 052

传奇的隅田川！…… 056

要想尽兴，推荐四宿?!…… 060

公开行刑，要不要看看？…… 069

大江户速报㈡ 宽政十年皐月号…… 071

江户人图鉴② 商人…… 072

第五章 发达的饮食文化

欢迎来到外食王国！……147

『江户喝穷』和丰富的路边摊……151

关于『天妇罗』的一些小事……152

江户流种种……157

向高级化路线转变……161

大酒量王与大胃王……165

要注意『江户病』……168

江户的灵魂食物——荞麦……171

将军大人也是料理男子？！……174

大江户速报⑤ 文化九年弥生号……177

江户人图鉴⑤ 行商……178

第四章 演员、偶像、体育选手…… 那些众人仰望的明星们

时尚源于歌舞伎 …… 109

从歌舞伎诞生的诸多设计 …… 112

颜见世公演之狂热 …… 113

『千两演员』，众人羡慕的对象 …… 117

江户最受欢迎的男人 …… 119

吉原的诞生 …… 121

传说中的花魁——胜山与万治高尾 …… 124

与江户超级女明星游玩，做好准备了吗?! …… 128

可以见面的偶像时代到来了?! …… 130

燃烧吧！相扑比赛 …… 133

跃动之美——消防小哥们的风流 …… 137

大江户速报④ 文化元年皋月号 …… 143

江户人图鉴④ 役者 …… 144

第六章 每天都是非日常?!

日本人热衷过节的原因……181
寺社的圣与俗……184
江户祭典的顶峰——山王祭……187
神田祭的看点是充满个性的游行队伍!……189
深川祭大事件……191
赏花热的背后推手——吉宗……195
赶海、花火、水垢离……水边的休闲……198
人气爆棚的天体秀……205
与自然共生……208
大江户速报⑥ 文久二年叶月号……213
江户人图鉴⑥ 艺人……214
后记……215
插画出典……217
参考文献……222

第一章

原来竟是如此了不起！
江户城下町的秘密，
世界为之震惊！

规模了不起！

曾经有小学生问过我一个问题："东京为什么没有城堡呢？"换作是你们，会如何回答这个朴素的问题呢？可能大多数人都会说："现在的皇居所在地就是江户时代的江户城。"

这个回答，不能说对，也不能说错。

城郭大体由被外壕围住的外郭和被内壕围住的内郭构成。

从狭义上讲，城内是指内郭部分。江户城的话，是指下页图中"｜｜｜｜｜｜｜｜｜"所圈区域。"御城""西御丸"就是现在的皇居所在地。由此可见，当时所认定的城内面积足足有两个皇居那么大。

广义的城内是指用"｜｜｜｜｜｜｜｜｜｜"圈起来的外郭，大致为现在的千代田全区，以及除去填埋部分的中央区。东西约5.5公里，南北约3.5公里，形成一个庞大的要塞城市。这就是江户城的总体结构。

仔细看一看城市的功能。首先，内郭部分由御城（①本丸、西丸等）坐镇。御城是德川将军的居所，也是幕府议政、举行重要仪式的场所。旁边建有老中、若年寄等幕僚的宅邸。宅邸距离办公的御城很近，可以确保朝中有事时能第一时间赶到。

此外，还设有②评定所（寺社奉行、町奉行、勘定奉行是通

大江户八百八町

世界最大规模的要塞之城。以江户城堡为中心的新兴都市，甚为壮观。

江户城按漩涡形状修建护城河，被称为漩涡式城郭。从图中可以看到，护城河以城堡为中心，呈『の』字形。内护城河和外护城河连接在一起，很难区分。本书参照《江户城》（村井益男著）进行了区分。

≡≡≡——内郭 ≡≡≡——外郭（江户城总构）

❶本丸、西丸等 ❏评定所 ❽町奉行所 ❷山手台地（武家宅邸多） ❺下町（町人地多） ❻本町通

北

东

过商议判决案件，回答老中问询的地方，即幕府最高司法机关）和町奉行所（㊅负责警察业务、执行判决的町奉行的办公地，南北各一处）等权力中枢机构。有权势的大名的宅邸多集中在这一带，因此在江户时代这里被称为"大名小路"。

现在这一带被称为"丸之内"，源于"御郭内"之意。仅这一区域的面积就有30万坪[1]以上，相当于两个迪士尼乐园。

再看一下外郭部分。御城往南及往西一带的山手台地（㊁）上建有大名的宅邸，以及旗本、御家人等将军直属幕臣的宅邸。这些宅邸环御城而建，作为外敌突破外护城河后的防御屏障。此处故意将道路修得错综复杂，也不挂设门牌，如同一个迷宫，就

---

1. 坪：土地或房屋面积单位，1坪约合3.3平方米。

是为了起到乱敌的作用。

东侧的日本桥区域便是町人地，城下町的数十万武士聚集在此生活。

本町通（⌒）设置有金座（江户幕府直辖的金币铸造所），从"金吹町""本两替町"等町名就可以看出，这里曾是金融中心。这一带商贾、手艺人的店铺密集，衣服、纸张、日用品等应有尽有。以鱼河岸为中心，建有食品批发市场，满足市民的日常生活所需。

町人地以日本桥为起点，延伸至神田、京桥、银座，形成了一座庞大的御城下町，即下町（示）。

日本最强大的近代城郭

江户城总构集结了德川幕府形成及运营所需的所有都市功能和人员。其规模在日本近代城郭中当数第一。

丰臣时代的大坂城总构，放进江户城内郭之内绰绰有余，就连当时外郭规模最大的小田原城总构也只有江户城总构的六分之一。

大坂城和小田原城绝对不算小，只是江户城太过庞大了！

如此庞大的江户城，在城塞方面的功能又如何呢？

《金吹方之图》（部分）中描绘了匠人们在金座劳动的情形。图为下班时，仔细检查匠人们的口中、头发和屁股里是否偷藏金子。

从江户城下设置的见附门之多，便可窥其一二。"见附"一词来源于日语中"发现"这个动词。这些城门平时用来盘查过往的人员，在紧要关头成为攻击敌人、阻止入侵的防卫据点。

俗话说，江户城坐拥"三十六见附"。事实上江户城主要的见附门足有 57 个，再加上一些小门，总数多达 92 个。"三十六"是虚指。

现在大家熟知的"赤坂见附"就是江户城外郭的见附门之一。虽然现在只有石垣残存，原先可是一座由高丽门和渡橹门组成的坚固的桝形门。同时，这里也是神奈川大山道的起点，平日里作为交通要塞，战时作为补给以及确保避难路径的据点，战略意义重大。

换句话说，万一受敌压制，这里会成为易受攻击之处，于是在外侧和内侧分别建造了德川御三家[1]中的纪州德川家的上宅邸[2]和中宅邸。特别是外侧的中宅邸，考虑到战时要作为外郭攻防战的据点，整个宅邸面积竟有 13 万多坪。现为赤坂御用地[3]所在地。

假设敌人攻破外郭，等待他们的将是内郭坚不可摧的铜墙铁壁。

筑城名匠藤堂高虎听取德川家康的建议所设计建造的宽阔深邃的护城河、集全国大名之力修建的厚实高大的土垒和石垣，以及上面的一座座橹……那雄姿仿佛在说："想进攻的就来试试！"

战争没有绝对可言，必须预设逃亡路线。万一前部的大手门

---

1. 德川御三家：地位仅次于德川将军家的尾张德川家、纪州德川家、水户德川家三支分家。
2. 上宅邸：江户时代上级武士，特别是诸国大名建于江户市区用于平常居住的宅邸。后面的中宅邸是备用的宅邸。
3. 赤坂御用地：日本东京都港区元赤坂二丁目的日本皇室专用地。

被攻破，将军可从后部的半藏门撤离，途经甲州道中，在大久保铁炮百人组和八王子千人同心的护卫下，撤至甲府城。

正所谓有备无患。

虽说没有经历过大规模实战的检验，无从证明其坚固性，但江户城依旧是日本最强大的近代城郭。在这座巨大的要塞都城之上，诞生了如今的东京。

东京无城堡，此言差矣。

家康、秀忠、家光的"三代天守阁"

那么，有如此雄伟的江户城，东京为何还会给人"无城堡"的印象呢？究其原因是没有天守阁。

的确，天守阁乃城堡的象征，在现代被视为城市的地标性建筑。在很多人的印象里，城堡等于天守阁。

先说结论。江户城也有天守阁，确切地说，曾经一段时间有过。德川家康、德川秀忠、德川家光这三位幕府草创期的将军在各自执政期间都建有天守阁。

家康的白色天守阁建于庆长十二年（1607），当时，征夷大将军之座虽让位于其子秀忠，但家康仍掌控着实权。

家康过世，秀忠摧毁了家康时期的天守阁，重建了白色五层天守阁。待到秀忠过世，家光又将秀忠时期的天守阁摧毁，新建了天守阁。

由于史料匮乏，家康和秀忠时期的天守阁的真实情况无法得知。而家光时期的天守阁基本能够知道概貌。这座天守阁有五层，外墙镶有经过熏黑加工的铜板，镀着金箔的铜板瓦、鯱[1]、破风[2]，听起来典雅又帅气！

天守阁加上土台总高60米，从城下仰视的话，则高达80多米。如果保存至今，那将是日本最大的天守阁，国内外观光客必定纷至沓来。

然而，这座大天守阁却在第四代将军家纲执政时期发生的明历大火中被烧毁。

明历三年（1657）1月18日至19日，江户城西北角共计三

---

1. 鯱：一种日本海兽的名字。
2. 破风：日本房屋山形墙上的人字板。

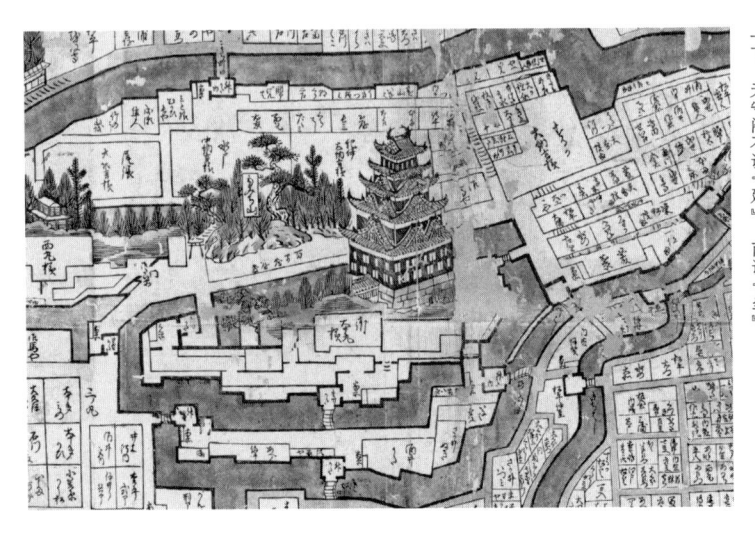

幕府草创期的将军家康、秀忠、家光都将前一代的天守阁摧毁，然后重建，以彰显『俺与俺老爹不同！』，很有意思。顺便说一下，天守阁不说『建』，而说『垒』。

处相继发生火灾。火势乘着强劲的西北风迅速蔓延,将百分之六十的江户城下町烧为灰烬。《武藏镫》所刊的29页史料便描绘了外壕浅草见附门发生的悲剧。官员们害怕小传马町牢狱中的囚犯们趁机集体越狱,便直接封锁了城门。无处可逃的2万多人,要么被活活烧死,要么在翻越城墙逃生时掉进护城河中淹死。江户城见附门强大的防卫功能反倒成了祸害。

其他几处火灾现场也有类似的悲剧发生,累计死亡人数达10万人。

江户城当然不是安全的,大火烧过内护城河,引燃了储藏在橹的大炮火药。大爆炸形成的气浪冲破天守阁的双层窗,大火顺势而入,燃起了冲天的火柱。

除了西丸幸免之外,本丸、二丸、三丸等主要建筑被一并烧毁。

天守阁缺失的原因了不起!

明历大火之后,幕府迅速开展对江户城的修复工作。天守阁自然也在重建计划之内,由加贺藩主前田纲纪负责土台的搭建。

前田家动员了5000名手下,赌上大名家的声誉,从濑户内运来了巨大的花岗石,作为天守阁的土台。这就是现存于东御苑的天守台。

原本土台夯实后,下一步该在其上修天守阁了,未料,施工

却被人叫停。此人便是会津藩主保科正之。保科正之是第三代将军德川家光的异母弟，家光死后，外甥家纲成为第四代将军。而保科正之作为其监护人，在幕政上拥有强大的话语权。明历大火之年，家纲只是个17岁的少年，无力执掌复兴大业，实际在幕后指挥的便是保科正之。而保科正之语出惊人："天守阁已是无用之物。"

天守阁到底是什么？直截了当地说，就是一个巨大的橹，战时作为瞭望塔、武器库，以及固守城池时的据点，平常则根本派不上用场。

不过，雄伟的天守阁是强大军事实力和权力的象征，对于家康、秀忠、家光三代将军而言，为了牵制幕府中异姓的大名，建造天守阁有其必要性。

《武藏镫》中描绘的浅草见附的悲剧。小传马町牢狱的负责人石出带刀为了救助囚犯，以火势控制住了以后再回来为条件，将囚犯放了出来。但是被误传为"集体越狱"，引起大恐慌，死了无数人。

而到了第四代将军家纲时期，内乱逐渐平息，幕府统治的体系也得到稳固，终于迎来了真正的太平盛世。

因此，筑天守阁，彰显军事实力和权力已失去意义。况且，江户城下正遭受着前所未有的灾难，处于毁灭边缘……

于是，以保科正之为首的幕僚们做了一个英明的决断：与其在没有实用性的天守阁上花费巨额资金，不如将资金投入到城市的重建上来。

这一事件说明德川幕府的统治方针由凭武力说话的"武断政治"，过渡到了以稳定社会秩序为目的的"文治政治"。家康初建天守阁至明历大火正好50年。这50年见证了江户进入和平时代的过程。

天守阁没有重建。对于当时的江户人来说，没有天守阁的江户城才是最能引以为豪的风景。

重建能力了不起！

幕府放弃重建天守阁，将重心放在江户都城的复兴上，首先需要考虑的是如何减灾。

要是不发生火灾自然最好，但对于到处都是木质建筑、人口密集的大都市江户而言，那是不可能的。于是，幕府以可能发生火灾为由重建城市，以期挽救更多人的生命。

首先，在隅田川上搭建两国桥。

在此之前，隅田川上只有一座千住大桥，位于最上游。隅田川横穿江户东侧，形成防御外敌从下总国（千叶县北部）进攻的自然屏障。

在隅田川修建大桥，从江户都城防御的角度来看并无益处。然而，不架桥酿成了明历大火中外壕内侧大量百姓惨死的悲剧。幕府吸取教训，将规划避难路线作为首要工作，于明历大火的第二年，下令在隅田川上架构大桥。

同时，为了防止火势蔓延，在大桥的西端修建了一条广小路

明历大火后，幕府在江户市区建了6个救助站，给受灾百姓提供粥食。这也是《武藏镫》中的插画。

作为防火道。广小路最初只有一个普通的广场，后来允许在广场上搭建临时摊铺，但要求火灾发生时必须迅速撤除。从此广场逐渐热闹起来，广小路成为江户繁华的中心地段。

在大桥的东端，建造了万人坟（即后来的回向院），用以祭奠明历大火中身亡的游魂。周边的本所、深川地区的填埋与开发工作也在进行，大量土木匠人为复兴事业齐聚江户，打造出了江户全新的城市面貌。

就这样，以明历大火为分界线，江户市街逐渐朝隅田川和外壕扩展、膨胀，城市甚至比大火之前更富活力。这种惊人的变化令人称奇！

灾害都市——在江户活着这件事

不，应该说不变则亡。正如俗话所说，火灾和打架乃江户两大景，除了被称为"江户三大火"的明历大火、目黑行人坂大火、丙寅大火外，史料上标有"大火"二字的大规模火灾就有500多起。这意味着在江户时代的265年里，平均每年都会发生两起大火！

除了频繁的火灾外，江户城中水路遍布，265年中由台风或海啸引发的洪灾就有50多次，次次损失惨重。同时，江户还承受着地震的威胁。在幕末发生的M7级直下型安政江户大地震中，倒塌房屋不计其数，地震引发的大火，一夜之间将江户城烧为灰烬。

尽管如此，江户无数次置之死地而后生。这种强大的生命力从何而来？

江户有句老话"有钱不过夜"[1]，说的是江户人乐观的天性。这里面其实隐含着一种虚无的生死观——谁也不能保证明天能活着把钱花出去。

生在江户，与灾难比邻。在这里，珍贵的东西被夺走既理所当然，也无可奈何。如果看不开，就活不下去。

尽管会悲伤，会痛苦，但江户人拼命朝前看，贪恋着活在当下的每一天。

正是这股韧劲，让灾害之都江户几经摧毁又重新焕发生机。

风水了不起！

明历大火之后，幕府保留内外壕等基本布局，对废墟中的江户城下进行了大胆的重建。

在人口密集的场所和交通要道，建造了类似于两国桥广小路的防火道，并填埋近海湿地，扩大居住区域，分散过分集中于下町的人口。同时，将寺社迁至外壕以外或郊区。如今，北面浅草、

---

1. 相当于汉语中的"今朝有酒今朝醉"。

四神相应

坐拥江户城堡，助您一夺天下！！

- 玄武/丘陵（交通便利，可开凿）
- 青龙/清流（物流通达）
- 白虎/大道（可填埋）
- 朱雀/湿地

〈北〉〈西〉〈东〉〈南〉 城

四神相应，非常完美！！

风水在江户都市规划中起到至关重要的作用！家康入府当时的地相为四神相应……详见第19页。

本乡、驹込，东面本所、深川，西面四谷、牛入，南面芝、赤坂、麻布，寺庙集中、寺町繁荣，它们就是在明历大火之后建造起来的。

通过寺社迁移，除了山王权现（现在的日枝神社）外，江户城总构内大的寺社基本就不存在了。

起初，太田道灌把山王权现作为江户城内的镇护神社，后来的历代德川将军也将其作为幕府直辖的"城内镇守之社"，对其保护有加。明历大火前，神社在内护城河沿岸坐拥一大片社地。明历大火之后，神社被迁移到了现在的外壕内侧。

实际上，通过这次迁移，江户城下的结界布局完成。……怎么突然冒出超自然主义的话题？因为在谈论近代以前的城市规划

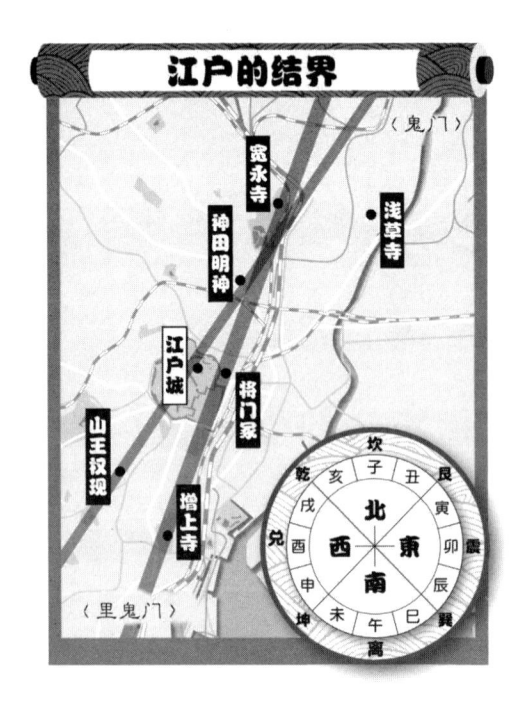

江户的结界

艮为鬼门，坤为内鬼门。大的寺社都集中在这条线上。

时，不可避免地要用到方位学的知识。

众所周知，平安京的地理位置符合四神相应的布局。四神相应是指地形上适合四神存在，也就是说，东面要有青龙沉潜的清流，西面要有白虎阔步的大道，南面要有朱雀栖息的凹洼湿地，北面要有玄武横卧的丘陵。

在家康入府之初，江户城周边地形四神相应。东面的隅田川即清流，西面的古甲州道、古东海道即大道，南面的隅田川河滩即湿地，北部的神田山即丘陵。天正十八年（1590），家康进驻江户之际，是否意识到将会在这里开启幕府新时代，我们不得而知，但是从风水学上来看，这里具备建都的各个有利要素。……看来是有意为之！

之后，历经曲折，德川家康于庆长八年(1603)成为征夷大将军，对江户城下进行了大规模的扩张。家康命令藤堂高虎负责都城的规划，后者却推辞说："江户城乃天下大都城，恳请将此重任交给悉知方位的军师。"方位学在建都上的重要性可见一斑。

同时，江户建成还得到德川将军最强大脑天海的加持。天海是天台宗的僧侣，精通山王一实神道[1]，深得家康、秀忠、家光三代将军的信任，在都城规划方面发挥着举足轻重的作用。

天海所在的上野宽永寺是天台宗的关东总本山，山号"东睿山"，取"关东的比睿山"之意。比睿山镇守平安京的鬼门，而

---

1. 山王一实神道：又作"天台神道"，为平安时代末期至镰仓时代天台宗的总本山——比睿山延历寺开创的神道流派。

宽永寺镇守江户城的鬼门。

鬼门，是指阴阳道上招致灾厄的艮，即东北方向，而宽永寺就位于江户都城的鬼门方向。

将门、神田明神[1]——被布下的结界

结合上述方位学知识，我们再来看一下第18页的地图。我认为宽永寺应该还有一个作用：如果将宽永寺与相对的镇守内鬼门的增上寺连接起来，就会看到两样东西。

一个是正好处于中心点的平将门首冢。平安中期的武将平将门反抗朝廷，以新皇自居，试图将关八州独立出来。结果反抗失败，在下总国的猿岛之战中被割下首级。相传，平将门的首级含恨腾起，飞回此地。随后，此地天地变异，异状频发，于是朝廷为其建了首冢，以附近的神田明神抚慰怨灵。

故事真假不得而知，不过可以确定的一点是，德川家康入江户之前，就对关东武士们信奉的太田道灌、北条氏纲做过一番了解。

关原合战之前，家康前往神田明神祈求胜战。果然，就在九月十五日神田祭那日，家康大获全胜。

由此，家康对平将门即神田明神的信仰更加笃定，同时也感

---

1. 神田明神：即位于日本东京都千代田区的神田神社的主祭神。

受到了其强大到可怕的威力。家康死后，神田明神被迁至江户城外壕之外。

自那以后，上至历代将军，下至平民百姓，无一不尊崇"江户总镇守"神田明神。它的新迁地就是第18页图中连线上标注的第二个点。平将门首冢和供奉将门的神田明神，被置于宽永寺与增上寺之间，很难不让人怀疑这是一种精心设计。

而且，搬迁后的神田明神恰好落在江户都城的鬼门上，与宽永寺一同，可起到封印鬼门的作用。

明历大火之后，隔江户城与鬼门相对的内鬼门——西南的坤方向上又布下了"城内镇守之社"的山王权限。

关于江户城下的结界还有很多传说，我不是阴阳师，对方位学也是外行，便不再细说。信还是不信，由您自行判断。

基础设施了不起！

江户要想发展成为大都市，还需要解决饮用水问题。

下町建在江户城东侧的低洼处，填埋地较多，井水含盐量高。而且西侧的台地下面是厚厚的关东垆姆质土层，再往下是沙砾层，不往深处钻的话，地下水根本出不来。

为了解决这个问题，德川家康首先铺设了神田上水道。水源来自武藏野的井之头池，中途汇聚了善福寺的善福寺川、妙正寺池的妙正寺川，形成了江户川。江户川经目白台下的关口堰，流经小日向台下、小石川的水户藩邸内，利用水管立体交叉通过神田川，以神田、日本桥为中心铺设上水管道（木制管或石管），建成了总长达63公里的上水道。每家每户使用木管，从町的上水储存井中汲水，这在当时是一项很先进的土木技术。

其他区域的饮用水来自赤坂的溜池水。随着城市规模的扩大，水资源开始紧缺，于是又增设了玉川上水道。

承应元年（1652），幕府制订了新规划，计划以武州多摩郡的羽村为水源地建造水堰，引入多摩川的水，开凿43公里长的水路，直至水门的四谷大木谷，在市街铺设上水管道。除了江户城，上水道从赤坂、麹町等高台延至芝方面，总长达85公里。

第二年，承接这项宏伟工程的是江户町人（也是居住在水源地附近的农民）庄右卫门和清右卫门两兄弟。

三崎稻荷鸟居下面的水井。为了能从上面横跨过去，上面铺着石盖，下面通着下水管道。被称为「横切下水」。

工程困难重重。比如，羽村水源地至四谷水门的43公里距离，高低落差只有92米。要想用自然流下方式（不用水泵加压，利用地势的高低落差）的话，必须要铺设每100米下倾20厘米的超级精细的水道。

两兄弟连夜命人提上灯笼蚊香去工地，仔细测量，逐步推进工程进展。据传，其间失败了两回，耗尽了幕府的预算，最后他们自掏腰包推进工期，气魄不凡！

还有人说，第二次失败后，工程总负责人松平信纲的家臣安松金右卫门接手，完成了玉川上水工程。不管怎样，从动工到完成，仅仅花了八个月时间，令人称奇。

两兄弟因此获赏200石，获赐玉川之姓和佩刀，担任玉川上水一职。

至此，17世纪中期，江户建成了总长近150公里的堪称世界之最的上水道。

左下带屋顶的木管是神田川上的上水管道。岸边的小屋门口挂着大蒲烧（鳗鱼店）的招牌。

明历大火后，为了满足不断扩大的城市饮用水的需求，先后修建了青山上水、三田上水、千川上水，形成了覆盖整个江户的上水道网。随着钻井技术的发展，地下水的汲取变得容易后，除了神田上水和玉川上水以外，其他上水道被废弃，只作为农业用水，继续滋养着人们的生活。

清洁带来繁荣

不可思议的是，江户的下水系统也相当完善。城市生活用水、雨水先排入河道，最后流至大海。这套下水系统与上水道一样，也是在17世纪中期，即江户时代初期完成的。

一提到下水，给人的印象就是恶臭熏天，但在当时完全没有这回事。生活污水中没有洗涤剂等污染水质的化学物质，最关键的一点是粪便是汲取式的，不直接排入下水。屎尿，特别是大便，并不是单纯的脏污秽物，对于农家来说是重要的肥料，可以用来换钱或者蔬菜。

长屋有公用厕所，粪便对于房东来说，可是一种可观的收入来源。而且人群聚集的地方都会设有公厕，人们自然会想到要在那里解决大小便。下页图是一般公厕的样子，武士在如厕，手下在一旁候着。隔着纸张都能闻到臭气（笑）。厕所只有下面半扇门，就是意思一下，遮挡不住什么。这种厕所虽然上着忎忈，但是这种

屎別取

当时人们相信厕所有神，傍晚的时候会在厕所里现身。这个时候突然闯入的话，会惹恼厕所神，所以进入之前会先故意咳嗽一声，让对方知晓。

构造有其必要性。当时没有电灯，这种敞亮的结构可以避免人不小心踩空掉进粪池，而且不是密闭空间，还能起到防范犯罪的作用。

大小便在厕所解决，这一看似理所应当的行为，却能对保持城市公共卫生起到很大的作用。

对比同时代的欧洲各国，大小便基本排入下水或阴沟，或者干脆就地解决。据说，当时欧洲女性的长裙从胸口往下做成蓬松的样式，就是为了方便站着解决，发明高跟鞋也是为了避免踩到地上的排泄物。这种糟糕的卫生状况是滋生霍乱、鼠疫的温床，

也使欧洲瘟疫肆虐。而江户鲜少有疫病的流行，这与文明的如厕习惯不无关系。

而且，为了保证下水的干净，幕府采取了一系列积极的举措，比如"下水箱斗容易藏污纳垢，必须要定期清理""下水上面不能建厕所"等，这样，江户自然就成了一个注意公共卫生的干净城市。

幕末访日的英国外交官阿礼国有感而发："除去随处可见的乞丐以外，江户街道干净整洁，完全不存在污物堆积、妨碍通行

霞关的大名宅邸周围也通着下水。宅邸石墙上带黑色屋檐的小箱是排水口，完全没有不卫生的感觉。

的情况","这与我曾经访问过的亚洲各地以及欧洲绝大多数城市形成鲜明的对比"(《大君之都——幕末日本旅居记》,阿礼国著)。

同时,连接江户与地方的五大道——东海道、中山道、甲州道中、日光道中、奥州道中也于江户时代中期修整完毕。道上设有宿场町。宿场自然是为旅人提供住宿的地方,并且配有人马,负责宿场之间人和物的往来与运输。

至此,人员、信息、物流的全国性基础设施基本完备。

当时,江户的百姓人口达50万,加上武家人口,总人口超过100万。而伦敦、巴黎人口突破100万是在进入19世纪以后。说这个并不是想证明什么,只是想到当时的江户丝毫不逊于世界上的其他城市,一股自豪感就油然而生。

世界最先进的町!

江户的繁荣体现在"江户八百八町"上。

史料《武江年表》"万治元年"(明历大火第二年)条目中记载:"江户结发屋,一町一家,有八百八家。据此,江户町数有八百八町,此时代之事也。"(摘自《增订武江年表》,东洋文库)

实际上,在人口突破100万的江户时代中期,江户就已经超过了1678町,可见其发展之快。

儒学家荻生徂徕认为，急速发展的江户面临着一个问题："到哪里为止是江户都城，从哪里开始是农村，没有明确的界线。谁都可以随心所欲地建房造屋，北至千住，南至品川，房屋遍布，官府上下无一人能准确把握。"（摘自荻生徂徕《政谈》，译作现代日语）

江户都城大概在这些位置吧？基本上是这样一个约定俗成的印象。俗话说的四里四方（一里等于四公里）便是大江户。

总之江户的町在不断地发展扩大。

"究竟从哪里到哪里是江户呢？"

一个看似简单的问题，却连幕府也给不出确切的答案，照这样下去恐怕不行。于是，文政元年（1818），幕府明确了范围：江户东至中川，西至神田上水，南至目黑川，北至荒川与石神井川下游。可参照第4页的江户地图。整个江户的面积比同时代的伦敦、巴黎还要大。

这一章介绍了江户城下的概况。结论就是，作为要塞城市也好，城下町也罢，江户都城是通盘考虑了风水、基础设施而建成的当时最先进的城市。

这是一个值得向世界炫耀的梦幻之都。

创业神话，是不是被夸大了？

江户地名源于『入江之户（海湾的入口）』。德川入府以前就有江户凑、品川凑、浅草凑等港口町作为关东地区物流要冲发挥着作用。

而且，江户自古多宗教圣地，如祭祀圣观音的浅草寺，祭祀平将门的神田明神，与亲鸾[3]有渊源的善福寺等。

前文所说的江户即穷乡僻壤的言论，应该是为了彰显德川创业神话而故意夸大的。

当然，江户过去从未实现过城市化，这是不争的事实。德川的经营手段值得期待。

1. 白帷子：白色单衣。
2. 土间：日本传统民家的室内空间，一般分成高于地面并铺设木板等板材的『床』，以及与地面同高的土间两个部分。
3. 亲鸾：日本佛教净土真宗初祖。

关东的结伴小便

格1：
— 相传，秀吉叫上家康一起小便。
— 下一块领地在关东哦。
— 还把新领地交给了他。
— 江户城堡就归你了。

格2：
— 把如同长在眼睛上的瘤子的家康封印到关东，可以削减其势力。
— 把他安置到废城江户，丰臣就太平了。
— 太棒了，俺是天才

格3：
— 江户……虽远离京都，不过可以自由开发
— 我看成，变危机为机遇
— 太棒了，俺是天才

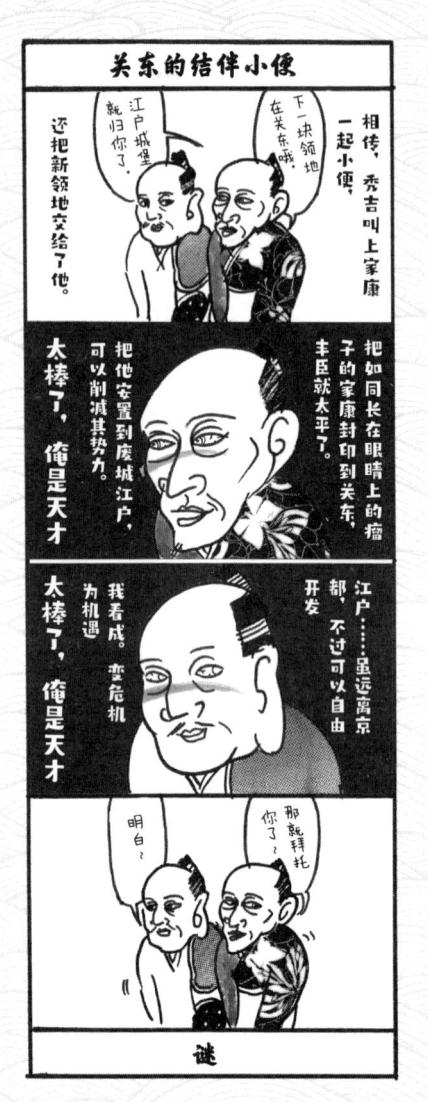

格4：
— 那就拜托你了？
— 明白～
— 谜

大江户速报（一）

天正十八年叶月号

德川氏来江户！

天正十八年（1590）七月，丰臣秀吉（53岁）发动征伐北条的战争，北条氏灭亡。其旧领地由德川家康（49岁）接管，德川家康于八月一日进入江户。入府当日，着一身清爽的白帷子，精神抖擞。

据德川发言人称，江户"到处都是芦苇丛生的湿地，城下町面积不超过十个町。江户城堡还是太田道灌（1432—1486，室町时代中期的武将）时建造的破古董，厨房不能用，玄关只铺了三块船板，剩下的就一土间"。大名使者前来见此情形，认为有失体面，至少应把玄关修缮一新。对此建议，德川本人一笑而过。他自有判断，目前首要任务是建设城下町，而非自己居住的江户城堡"。此番将江户说成穷乡僻壤的言论受到了当地舆论的质疑。

誓"将江户建设成世界第一的大都市"的德川家康。

Edojin dicture book

江户人图鉴（一）

武士

江户的统治阶级。地位高，但不乏穷困潦倒之人。一般来说精通武艺，饱读经书，其实个体差异很大。

❶衽。登城日等重要场合穿的正装。质地为麻、绢等。

❷日本刀是武士的灵魂。武士佩带的大刀与小刀，需定期保养。

❸易脏的白足袋正式场合才穿。平时穿的话，会让人觉得奢侈，这一点需要注意。

Data

活动范围／江户城南至西侧的高地，喜欢集体生活。
活动时间／早晨至傍晚，天黑之前回家。
爱好／贿赂，送礼。
备注／羞耻心极强。极端情况下会切腹，需注意。

第二章 城下町探险队——欢迎加入大江户观光团!

日本桥的特色是"人潮"？！

在外国人来东京最想参观的景点中，涩谷十字街口往往排名靠前。我很好奇，这究竟是为什么？当我带着疑惑来到现场，确实看到各国游客拿着手机在兴奋地拍照。他们似乎觉得在汹涌人潮中彼此擦肩而过的画面很有趣。换句话说，人潮就是一道奇妙的风景。

在曾经的江户，也有这么一处地方，以人潮为景观，那便是日本桥。

江户时代的旅游指南《江户名所图会》中曾这样描绘其喧嚣："桥上人来人往，不分贵贱，络绎不绝。桥下渔舟，旦夕摇橹咿呀而过。"

下页图是日本桥的名所绘（描画名所的浮世绘，相当于现在的观光名片）。你会发现很多名所绘的构图视角不是放在桥本身，而是聚焦于桥头的人潮。

名商汇聚的巨大商贸区

你可能会疑惑，为什么日本桥会有这么多人？因为这里是当

从当时的日本桥往西能看见富士山和江户城堡,往东能看见江户湾的朝阳。地理位置绝佳。

江戸八景 日本桥的晴岚

时日本的商业中心。

日本桥至少在德川家康被任命为征夷大将军的庆长八年（1603）便已经架桥，第二年成为江户通往地方的各大街道的起点。

具体而言，作为参勤交代或是旅途标记，以及制定运费标准的坟冢——一里冢从日本桥开始建，每一里建一处，延伸至全国（现在日本桥的正中央还留有道路原标记）。幕府将日本桥作为江户通往地方的一个起点，这在《江户日本桥》歌谣中也有传唱："江户日本桥，七立[1]……"

在日本桥的街道上拥有商铺，是成功的象征。来自全国各地的名商巨贾汇聚在此，开店经商，在此地形成一个巨大的商贸区。

比如三越百货的前身三井越后屋吴服店，延宝元年（1673）从伊势松阪进军日本桥，在本町二丁目拥有店铺，天和三年（1683）迁至骏河町南，营业至今，是老字号中的老字号。

为了在竞争激烈的吴服行业中崭露头角，三井越后屋可谓想尽了各种办法。

其一，"店头贩卖"，即在店里售卖和服。当时，大店一般都是上门服务，即店员亲自上门获取订单，然后交付成品。当变成店里售卖后，不仅可以使顾客体验橱窗购物的乐趣，从琳琅满目的商品中挑选自己喜欢的，而且能削减上门服务的人工费，可谓一石二鸟。

---

1. 七立：晓七出发之意。晓七是江户时代的计时法，相当于现在的凌晨4点。

骏河町
三井吴服店
元日唯看
富士山
宗鉴

三井越后屋所在的骏河町，道路的延长线上能看见骏河国的富士山，很吉利。

其二，"无利息"。上门定做的话，一年基本只有两次支付的机会，一次是在盂兰盆节，另一次是在岁暮。这种情况会产生高额的利息，也不利于商铺资金周转。而且，若不能按期收回资金，就只能拖到半年后，因无法收回资金而倒闭的店铺层出不穷。而在店里销售的话，当场完成现金交易，可以缓解资金回收慢的问题。对于顾客来说，因不附加利息，也就能以便宜的价格买到自己心仪的商品，因此这种销售手法取得了非常好的效果。

其三，"按需卖"。和服原本是以反（一件成人和服的长度）为单位贩卖的，因此又被称为"反物"。三井越后屋打破了这一业内的潜规则，顾客可以按需购买。这在现在看似理所当然，然

日本橋魚市繁栄図

鱼河岸的男人们干劲十足、充满活力。他们的发髻因像鳗鱼的背鳍而被称作"鳗背银杏"。后来用"鳗背"形容男子气概。

而在当时很罕见。开了这个先河的正是三井越后屋。

除了三越外，日本桥还有很多江户时代存活下来的老字号店铺。曾经的日本桥，就如巴黎的香榭丽舍大街、纽约的第五大道，是来了江户就一定要去看看的令人向往的大街。

从鲜鱼到柴鱼片[1]，河岸遍布

日本桥还有很多市场。

当时，大宗货物只能通过水路运入江户，所以货船可以停靠的河岸便会成为市场的中心。日本桥很早就被规划为物流的据点，开凿河道，因此这里河岸遍布。

比如鱼河岸在关东大地震后搬迁到筑地，此前设在日本桥。天正十八年（1590），德川家康转封关东，从摄津国西成郡佃村（现在的大阪市西淀川区）带来了30名渔民。这些渔民作为幕府的"鲜鱼御用"，专给江户城供应鲜鱼，剩余的就在市内销售。

随着江户的人口激增，鲜鱼供不应求，庆长十五年（1610）以日本桥以东的本小田原町和本船町为中心，直至江户桥的河岸

---

1. 柴鱼片：鲣鱼干刨成薄片，因像木柴而得名。

041

日本桥

五大街道的起点,当时日本的物流中心。人山人海!

早上6点前的日本桥。鱼河岸已经十分嘈杂,桥上挤满了人,甚是壮观。河面上无数的船只来来往往,对面左边是江户湾(东京湾),右边是江户城堡。利用水路就能快速运输物资。这是忍不住想用手机拍摄下来的画面……

居住在从日本桥到京桥这片狭小区域，并拥有一间临街店铺，这是江户老百姓的最大愿望！现在以双层脆薄饼闻名的点心店风月堂曾经也在这里。

200米范围内，形成了一个巨大的鲜鱼批发市场。有意思的是，在第40页描绘鱼河岸的浮世绘中，有一家寿司屋的门帘上写了一个"寿"字。人们参观完激烈的竞标现场，再品尝一下江户海域捕捞上来的海鲜，就跟现在的游客一模一样。古往今来，人们的喜好没有改变。

除了鱼河岸之外，伊势町河岸还有米河岸，以及卖柴鱼片的鲣河岸。江户时代后期的购物指南《江户买物独案内》中，仅日本桥地区就有26家柴鱼片店，竞争之激烈可想而知。

现在的日本桥也有很多江户时代留下来的柴鱼片店，其中最古老的当数创始于元禄十二年（1699）的"亻"。正式的屋号是伊势屋伊兵卫，来源于创业者的名字。印在门帘上的屋号由伊势屋和伊兵卫的"伊"字共有的"亻"字，即"单人旁"，和表示诚实守信之意的曲尺符号"┐"共同组成，被亲切地称为"单人旁"。天保

当时的购物指南《江户买物独案内》。上边是关于柴鱼片老店铺亻（单人旁）的介绍。

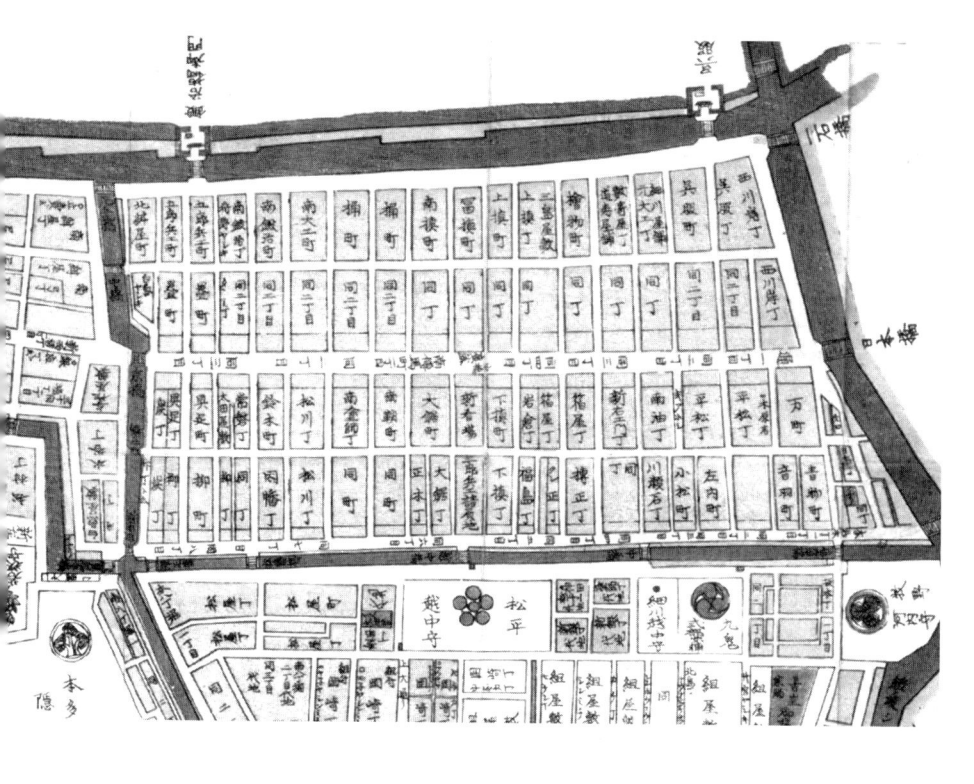

年间（1830—1844）还发行了"亻字邮票"的商品券。商品券是柴鱼片形状的银制薄板，上面印有金额，被认为是世界上最古老的商品券。

除此以外，日本桥区域内的道净桥附近还有盐河岸，京桥有分布着蔬菜市场的大根河岸。除了出售食材的河岸以外，还有制作竹篮笊篱等日用品的竹河岸，神田还建起了作为燃料供给源的薪河岸，支撑着人们的日常生活。

除此以外，还有冠以地方名的河岸。

比如镰仓河岸。当时，德川家康入府江户，积极筹建江户城以及城下町。而建设所需要的木材、石材等是由镰仓的木材供应商调配的，镰仓河岸由此而得名。行德河岸是每日往返于行德和江户之间的行德船舶的停靠点，运输食盐蔬菜鲜鱼自不必说，也有很多人搭乘此船前往成田山新胜寺参拜，所以有种货船兼水上高速巴士的感觉。而木更津河岸名字的由来与木更津的船头们有关。庆长十九年（1614）在大坂冬之阵中，他们跟随德川军队奋战有功，获赏江户至木更津之间的运输权和专属河岸。木更津河岸每天都发送船只，除了运送货物外，外出做工和旅行的人们也可以搭乘。晚上从江户出发，深夜到达木更津，类似于夜行列车。

日本桥区域有 25 万人居住？！

就这样，日本桥通过河岸连接地方，大量货物和人员 24 小时不间断地往返于其间。

元禄五年（1692）撰写的浮世草子《世间胸算用》就有对其繁忙景象的描述："日本桥上的脚步声，犹如瀑布轰鸣。船町的鱼市，每天清早的账簿让人头疼。四方海域，鱼的种类不计其数。神田须田町每天的萝卜，装在马背上运进来。那数万匹马组成的队伍，犹如一片行走的萝卜地。"作者井原西鹤是上方[1]商人出身，可见在地方百姓的眼里，江户的日本桥有多么繁华！

居住在这里的人口自然多到无法想象。

---

1. 上方：江户时代对京都大阪所在的畿内地区的称呼。

从理发店的地契金来推算，幕末江户町人口的45%以上，即25万以上的人住在以日本桥为中心的东西1.6公里、南北3.4公里范围内（引自山室恭子《大江户商业白皮书 从数量分析还原商人的真实情况》）。

为什么大家都想住在日本桥呢？

上一章已有提到，日本桥是德川家康入府江户后，最先着手开发的町人地。它是江户的御城下町，即下町中历史最古老的町。这里尤以桥上通街道的日本桥和京桥规格最高，最具代表性的标记就是桥上装饰着拟宝珠。可参见第36页的浮世绘。桥柱上像黑洋葱一样的东西就是拟宝珠。

拟宝珠是幕府负责管理的桥梁的象征，除江户城内壕桥以外，只有日本桥和京桥有这种特殊的装饰（后来的新桥上也有这个装饰）。能够住在日本桥到京桥之间的区域，对于江户的老百姓而言是无上的荣誉。

在江户的地标性建筑日本桥，你可以感受到男孩们想置身于其中的闹市的活力。

观看大名队列

下面再介绍一个极具江户特色的观光项目——观看大名队列。因参勤交代而驻守江户的大名要在"五节句"[人日（正月七

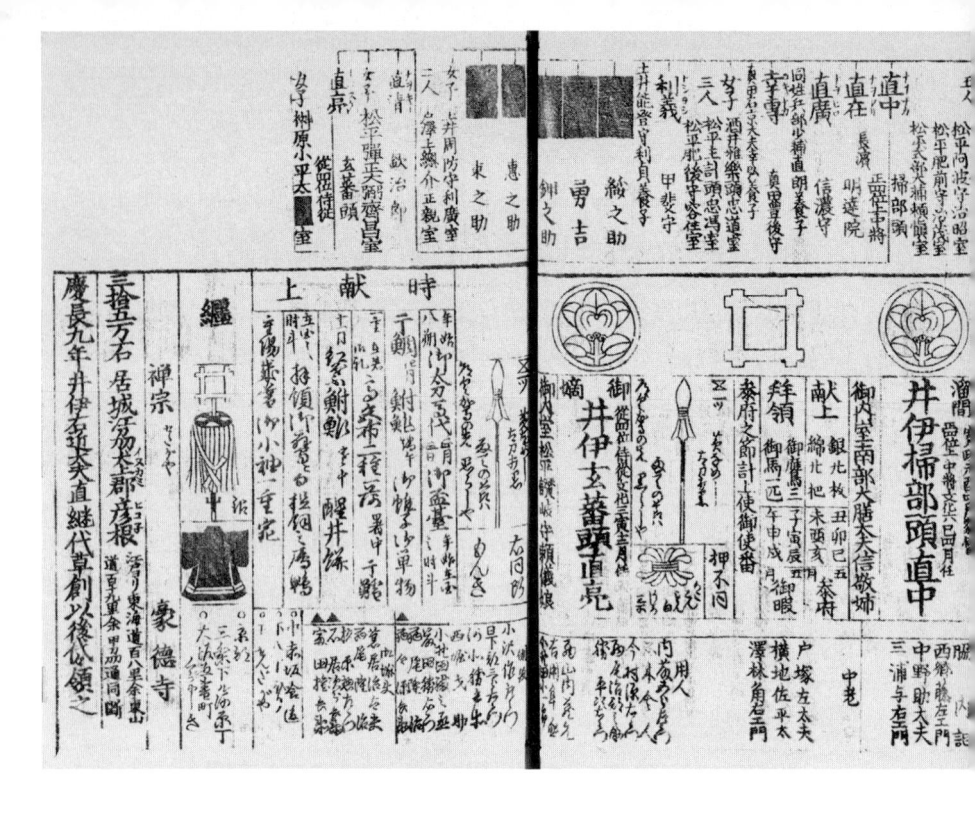

日)、上巳（三月三日）、端午（五月五日）、七夕（七月七日）、重阳（九月九日）]，八朔（德川家康入府江户的农历八月一日），以及每月的登城日（基本在一日、十五日、晦日）登城拜见将军。

百十家大名各自率领着50~100名侍从，手举自家引以为傲的长矛雉刀登上江户城，那情景简直就像巡游。提前给大家透露一下，大名通勤成了江户名物。

可能你会说，大名队列不都一样吗？这个还真不一样。

就拿长矛来说吧，相当有意思。长矛是彰显自家地位的道具——表面道具，能够举着长矛登城本身就是一种荣誉。3万石以下的大名家只能举一根，3万石以上的大名家可以举两根，这些都是有规

> 详细介绍大名家的来历、队列特征等的《武鉴》。类似于武士版艺人名鉴的感觉。

定的。允许举三根的只有萨摩藩、仙台藩（之后还有福井藩、熊本藩、长州藩、秋田藩、福冈藩、佐贺藩），惹得众人羡慕不已。按照家格，本可以举三根的加贺藩前田家反倒以两根出场，这种谦虚的姿态赢得了众人的瞩目。德川御三家则是堂堂的四根道具。围观百姓必须跪地相送，但大家都想见识一下，以便作为日后的谈资。

当时市面上有一本名为《武鉴》（参照第 48 页）的书。书里细节丰富，除了涵盖各大名家的由来、现当主的官职名、府邸位置、家纹等，还详细介绍了石高、领地、长矛缠、侍从的衣装等。这本书在书店以及江户城的大手门、樱田门的小店里都可以买到。

江户城周边，各种招徕游客的小吃摊密集分布，由此也可看出大名队列完全成了一个观光项目。

话说回来，大名队列如此毫无防备地暴露在大众的视线里，安保方面不用担心吗？

结论是需要担心。事实上之前就发生了伺机刺杀政要的恐怖事件——樱田门外之变[1]。

事件发生当日，正值三月三日上巳节，大老井伊直弼准备登

---

1. 樱田门外之变：发生于日本安政七年三月三日（1860 年 3 月 24 日）的一起政治暗杀事件。水户藩激进浪士因不满幕府大老兼彦根藩藩主井伊直弼，于江户城樱田门外突袭准备进城的井伊直弼队伍，致使井伊直弼当场死亡。

大名行列

除了参勤交代,武士的通勤风景也值得一看。

元旦登上江户城堡问候新年的大名队列,右下还描绘了看客们的样子。

除了队列,参观大名家门前摆放的正月装饰也是百姓们喜爱的一项活动。登城时间是早上7点左右,画面应该是凌晨的情形。江户人爱看热闹的天性显露无遗。

元旦諸侯登城之圖

藩邦玉帛此朝宗
關險何須百二重
四海道通舍勱瀚
中原嶽秀有芙蓉
城池日暖晴雲逈
邸第春分淑景從
回望薈蔥佳氣裡
車如流水馬如龍
　　　　服元喬

城拜见将军。刺客便可手拿《武鉴》，在小摊上吃点东西，混迹于一般游客中，等待时机。光天化日之下刺杀大老这一前所未有的恐怖行动之所以能够成功，就是由大名队列成为观光项目这一特殊性造成的。

解禁！将军队列

大名队列中，规格最高的当数德川将军外出时的"御成队列"。这与如同一日三餐般平常出现的大名登城队列完全不在一个级别。

樱田门外之变中取下井伊直弼首级的有村次左卫门。他脚边还掉落了一本用来掩饰的《武鉴》……

游行前日，官员会沿街逐个通知居民（用带铁环的棍棒猛戳地面，发出嘀铃铃的声音，故称作"铃虫"）。游行当天，日出后禁止用火。队列到达前的两小时，"御徒步组"[1]在道路两旁集结待命，小摊小贩自然不得营业。

队列打头阵的四人一边挥着白扇，一边厉声高呼："祓除不祥！祓除不祥！"听到这个声音，各路口拉起绳子，除了急救病人外，任何人不准通行。沿路人家撒盐泼水，清扫门前，户主正装出街，跪地磕头，迎接队列的到来。女人和孩子则在家中，拉上挡雨窗，将二楼的窗户缝封严，屏息等待队列经过，完全不是看热闹的氛围。

到了幕末第十四代将军德川家茂时代，事情发生了180度大转变。

文久三年（1863），家茂在3000人队列的簇拥下，浩浩荡荡进入京都，沿途有很多百姓观看。也就是说，这个时候围观将军队列得到了默许。家茂骑坐在栗色的马背上，身穿金丝边镶嵌的白衣裳，头戴金箔压印的漆帽。眉目分明的18岁少年，让众人都为之疯狂。

队列中甚至还有浮世绘画师随行，将道中风景画进浮世绘中，并题以《御上洛东海道》之名公开发行。在那之前，浮世绘不得描绘战国时代之后的武家世界。而这次出行，打破了幕府的宣传限制，

---

1. 御徒步组：即步行仪仗队。

描绘第十四代将军德川家茂前往京都的《御上洛东海道》中的一幅。踩在牛背上拼命往外看的小孩太可爱了!

将"德川将军"这一形象作为宣传的一环积极加以利用。

长州征伐的庆应元年（1865），媒体宣传限制正式解禁，百姓可以如同观看大名登城一样观看将军队列。当时，将军猎鹰返城，由步兵队引导，荷兰式鼓笛队吹响"哔——哈拉咚哒咯、哔——哈拉咚哒咯"，日式阵太鼓与海螺部队的"咚咔咚咔咚咚，咚咔咚咔咘"紧随其后。家茂端坐于马上，踩着这日西合璧的背景音乐，打道回府。在以名剑客榊原健吉为首的数百名卫士的护卫下，家茂头戴里层涂金的阵笠[1]，身披白底葵纹黑罗纱的阵羽织[2]，英姿飒爽。

看客蜂拥而至，将街道围得严严实实，其人数竟有号称天下祭的山王祭的围观人数的数百倍之多，将军俨然成了偶像……

将军偶像化，博取人气，对幕府来说看似是一件好事，实则是把双刃剑。适逢幕末，纷争不断，对于幕府的敌对势力攘夷派来说，这是暗杀将军的绝好时机。实际上，历史上也不乏类似于樱田门外之变那样的偷袭事件发生。无论如何加强警备，要想创造一个绝对安全的环境是不可能的。

反过来说，冒着如此大的风险，也要把将军暴露在大众视线内，这其实是幕府穷途末路时使出的最后一招，幕府向心力丧失之严重可见一斑。

继猎鹰之行后，家茂再次从东海道出发，前往京都。史料有载，这次围观者中甚至有外国看客。

---

1. 阵笠：日本古时战场上士兵佩戴的草笠形头盔。
2. 阵羽织：日本古时战阵中穿在铠甲外边的无袖外罩。

要说德川家茂是一只冒着生命危险招徕看客的"熊猫",也不为过。讽刺的是,这只"熊猫"成了幕末江户观光的最大亮点。

传奇的隅田川!

乘观光船,泛游于河川之上,这在隅田川特别受人欢迎。

下面这幅浮世绘就描绘了女人们乘坐"隅田川夜游船"的情形。画中一人手拉渔网,在体验冬日的特色项目——捕捞白鱼。

隅田川自古就是江户的著名场所。特别是宫户川（隅田川上游浅草一带），相传是浅草寺观音菩萨下凡的圣地。

　　这还得追溯到飞鸟时代[1]。推古天皇三十六年（628），当地渔民桧前滨成、竹成两兄弟在隅田川撒网捕鱼，打捞上来一尊佛像。请当地有识之士土师中知鉴识，那竟然是观音菩萨的圣像。于是他们将菩萨供奉在隅田川边，因此浅草寺才修建起来。而三社权现（现在的浅草神社）就是祭祀桧前两兄弟和土师中知的神社，神社的

---

1. 飞鸟时代：古代日本的一个历史时期（592—710）。上接古坟时代，下启奈良时代。以政治中心为奈良县的飞鸟（当时的藤原京）而得名。

捕捞白鱼的最佳季节是十一月至次年三月。夜晚出船，用渔火吸引白鱼，所以这个季节的隅田川夜晚如梦如幻。

浅茅原的鬼婆。恐怖！

在京都失恋，为了疗伤来到江户，却还是割舍不下旧情。也许是这种优柔寡断的性格，激发了人们的同情之心吧。

祭祀日便是大名鼎鼎的三社祭。江户时代的三社祭与菩萨下凡传说有关，渔民们会举行彩船竞渡活动。

除此之外，这一带还流传着浅茅原鬼婆的传说。浅草寺刚建成之时，浅草一带浅茅丛生，荒无人烟，没有旅舍，一老妇和她年轻的女儿就以两人居住的房屋留人过夜。未料这老妇是个母夜叉，夜里趁人熟睡，会用石枕砸烂宿客的脑袋，掠走钱财。

母夜叉凶残无比，可是对她的女儿来说，她毕竟是自己的母亲。女儿担忧，如此下去，母亲迟早要下地狱。于是当第1000位旅人——一名幼童出现的时候，女儿做了一个决定——悄声躺到幼童的床上……

当母夜叉意识到女儿被自己活生生砸死后，一时震惊得变了脸色。这时，幼童再次出现在她面前。原来他是浅草寺观音菩萨的化身，为了让母夜叉改过自新才进行变身。母夜叉对自己的所作所为懊悔不已，她抱起女儿的尸骸，纵身跳入了门前的池塘，也有说遁入了佛门。

江户时代，这个池塘被称为"姥池"（即现在的花川户公园内的小池塘），以发生诡异的连环杀人事件和作为观音菩萨下凡之地而闻名。

到了平安时代，隅田川成为歌剧《伊势物语》[1]第九段"东下"的舞台。主人公昔男（原型为日本历史上大名鼎鼎的花花公子在原业平）失恋，从京都来到东国疗伤。在隅田川偶遇一种奇鸟，便询问掌船人鸟的名字。掌船人答："那是都鸟。"昔男听罢，咏下一句："冠以都之名的鸟啊！你可知她安好？"惹得同船人潸然泪下。

中世以后，这里又成为梅若传说的舞台。少年梅若是京都北白川吉田某的遗孤，被人贩子诱拐，死在了隅田川。母亲千里寻

被诱拐至江户的梅若，哭哭啼啼的好可怜……

1.《伊势物语》：日本平安时代的和歌物语。

子，一路跋涉，来到了隅田川。得知儿子的死讯后，抑制不住悲痛，发疯了。这个故事常常被搬上能剧、歌舞伎、净琉璃的舞台，甚至确立了"隅田川物"这一派别。

观音菩萨另当别论，又是母夜叉、疗伤、拐骗……怎么尽是一些负面印象！话说回来，在新兴都市江户，能找到这些有历史感的地方实属不易。

江户时代以前，隅田川上游有一处名叫隅田宿的宿场，自古作为武藏通往下总国的交通要道发挥着作用，很多故事在这里上演。直至江户时代初期，这里作为隅田川西侧的武藏国与东侧的下总国的分界线，是让人感慨抒怀的地方。

要想尽兴，推荐四宿？！

以上介绍的是江户最具代表性的观光景点，如果还想看一些不一样的风景的话，推荐郊外名所江户四宿。

江户四宿，是指设在五大道（东海道、中山道、甲州道中、日光道中、奥州道中）与江户交界处的四个宿场町。其中以东海道的品川宿最为有名。

参勤交代中，走东海道由品川宿进出江户的大名队列就有150

江戸名所 百人美女
品川 歩行新宿

江户四宿

品川宿、板桥宿、内藤新宿、千住宿……作为江户的玄关，如今的江户四宿繁荣依旧！

高輪大木戸

这里是品川宿出入口的高轮大木户。东海道的东面面向江户湾,在这里能吃到新鲜的海鲜。在海边开放的氛围中,旅人的欢送会自不必说,江户人也喜欢在这里宴请宾客。

多队，为四宿之最。

最初，品川宿只有北品川和南品川两个宿场。随着规模逐渐扩大，到了江户中期，徒步新宿也被设为宿场，成为品川宿的第三个宿场。至江户后期，在东海道上形成了一条长达 2 公里的繁华街道，600 多家食铺在此聚集。

当中有 90 多家是饭盛旅笼，即有饭盛女的旅舍。饭盛女名为上菜女工，其实是艺妓。对于那些去吉原有难度，又想和女人风流的男人来说，这里的夜场是不二选择。因此，品川宿作为冈场所[1]深受欢迎。

---

1. 冈场所：未得到官府许可的深川、品川、新宿等红灯区。

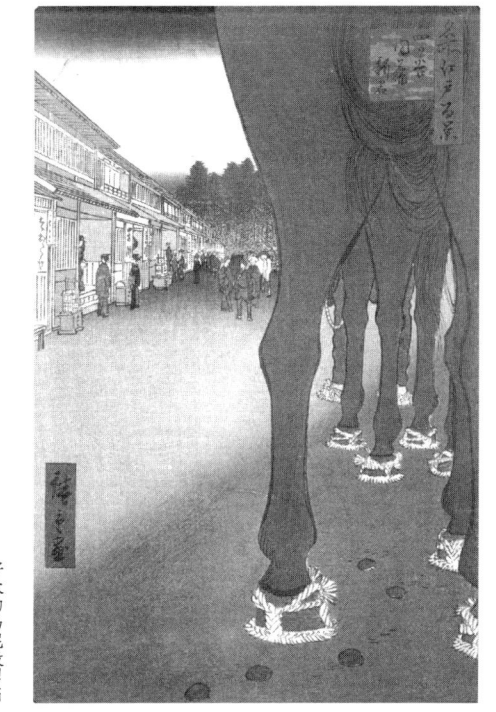

人来人往的中山道板桥宿。第十四代将军德川家茂的妻妾宫女也从这里进入江户。

好大的马屁股！当时的马不穿马蹄，而是穿草鞋。

你可能会觉得，百姓的趣味可真低级，其实不然。

川柳有曰："品川之客，有单人旁，亦无单人旁。"有单人旁是"侍"，武士之意。"侍"去掉单人旁，为"寺"，指寺庙的僧侣。可见品川宿花街的常客多为武士和僧侣。对于这些平日里精神紧绷的城市精英们而言，这里是放松休憩的绿洲。

中山道的宿场是板桥宿，因石神井川上架设的木板桥而得名。街道经修整后，走此道参勤交代的大名队列有 40 余队，数量仅次于品川宿。不过，饭盛旅笼仅有 20 来家，作为花街柳巷不成气候，这里更适合喜欢硬派宴会的人。

甲州道中的宿场原先是高井户，距日本桥有 16.6 公里之遥，交通不便，故又新设了内藤新宿。利用这个宿场的大名队列只有

2~3队，不过去富士山或身延山的旅人经常走这里。这里也是与青梅道相交之处。近郊与江户间的物资运输全靠马力，宿场的空气中弥漫着浓浓的马粪味，也算得上是这里的一大特色。俗谣有唱"四谷新宿，不知马粪中有女郎"，四谷新宿指内藤新宿，女郎指饭盛女。也许是考虑到客人以一般百姓居多，相较于品川宿，这里的消费水平低得多，曾因花街发展势头过猛而被勒令关闭整个宿场，后历经曲折，又得以重新开放。到了江户后期，内藤新宿发展成了超越吉原、品川的冈场所。不过游玩时得小心马粪！

幕末，宿场内又兴起祭拜正受院的夺衣婆。夺衣婆是拦在三

> 一群大人隔着千住大桥在拔河（笑）！旅人们也津津有味地在围观。

途河[1]专门脱人衣服的鬼婆，也被当作为小儿止咳灵验的神灵。嘉永二年（1849）正受院突然有香客纷至沓来。恰逢幕末，时局混乱，百姓时兴求神拜佛，正受院香火兴旺恐怕也是这个原因。此外，宿场又在玉川上水沿岸种上樱花，将其打造成赏樱新名所，不断制造话题，吸引游客。

最后看一下千住宿。千住宿占据交通要冲，为奥州道中和日光道中的宿场，水户道、下妻道、大师道也在此相交，近30队大名队列利用此宿场。荒川（隅田川上流）是御府内[2]边界线，因此横架于荒川之上的千住大桥便成为一个让旅人感慨的特殊舞台装置——越过这里就意味着离开了江户。

松尾芭蕉在《奥之细道》中写道：于千住大桥畔下船，惜别送行的友人，踏上了奥州之旅程。

自大桥建成的文禄三年（1594）起，桥上每年都会举行一场奇特的祭典活动——桥南桥北拔河大赛。遗憾的是，因不满比赛结果而引发的冲突不断，到了江户后期，这项活动被废止了。

千住宿南北延绵2.4公里，人口约1万，其规模为四宿之最。

桥北有一个蔬菜批发市场，叫卖的声音不绝于耳，宿场中心区域饭盛旅笼等商业设施齐全。这里闲适惬意，充满了田园风情，是文人墨客休憩的好去处。

---

1. **三途河**：传说中生界与死界的分界线。
2. **御府内**：江户时代町奉行管辖下的江户市区。

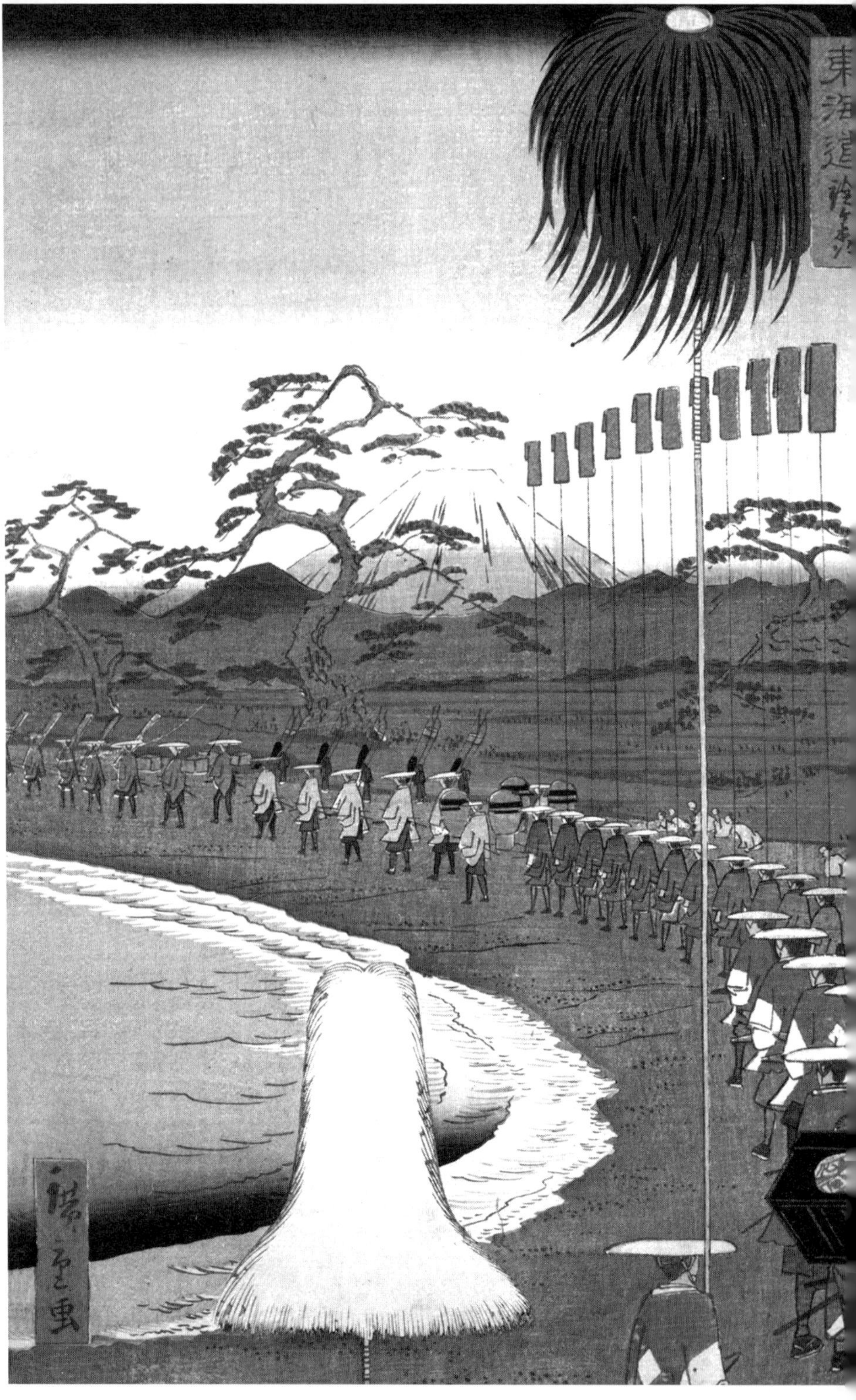
東海道
廣重画

公开行刑，要不要看看?

殊不知如此充满魅力的江户四宿也有瘆人的一面。这里也是处决罪犯的刑场。

江户两大著名的刑场——小冢原刑场和铃森刑场，分别位于千住宿和品川宿的入口，板桥宿、内藤新宿也设有临时刑场。这意味着出入江户将被迫目睹行刑现场，那些钉在柱子上或被斩首的尸体直接暴露在眼前……女人多半会绕开这里。

日本桥南畔也有类似的刑场。之所以将刑场设于宿场，是因为这些地方人流量大，在这里行刑可以以儆效尤：看看吧！在江户犯罪，你会遭遇如此下场！

江户常年有地方人口大量流入，对其而言刑场是整个城市体系的重要组成部分。如果你无所畏惧，不妨前去一看。

位于街道靠海一面的铃森刑场。将军队列也从这里经过。

江户的『吉祥物』

这种疯狂的『动物热』并非第一回出现，曾经还出现过大象热、骆驼热、鸵鸟热等，衍生出锦绘、小挂件等吉祥物周边。

这类商品因体积小而且便宜，作为伴手礼受到观光客们的喜爱。

可以说吉祥物在江户的观光产业振兴中，发挥着举足轻重的作用。

大象热的影响

第八代将军吉宗从越南弄来了一头大象。

从长崎花了两个多月运到江户。

将军看过后，没过多久就腻了。再加上饲养很花钱，便下放给了民间。

不知为何，民间开始盛传『象粪可治天花』。听说我姐姐的老公的母亲的亲戚的朋友用这个治好了病。把粪便当作药来卖。

迷之周边在市面上流传

大江户速报（二）

宽政十年皋月号

品川观光的新项目

宽政十年（1798）五月一日，品川海域搁浅了一头鲸，震惊了整个江户。这个长九间一尺（约16米）、高六尺（约2米）的巨型生物，因前日暴风而误入海滩。

看客们蜂拥而至，一睹这前所未见的庞然大物。渔民们试图用鱼叉将其挪回海里，未果，鲸鱼当天中午就死了。

五月三日，鲸鱼的尸体被运到滨御殿，给第十一代将军德川家齐过目，之后又被运回品川解剖。鱼身以4143分（约500万日元）的价格拍卖，头骨被葬于鲸冢。

为此，浮世绘师、剧作家兼商人山东京传专门设计了一款鲸鱼图案的毛巾（如下方图片所示）。这个毛巾的摆放特别有讲究。『目鲸不立，即目角不立（日语不吹毛求疵之意）』，所以必须要横着放。这个出色的谐音梗让商品一问世便成为爆款。此外这场鲸鱼旋风还衍生出锦绘、团扇等周边，席卷了整个江户。

江户人图鉴 ②

商 人

Edoiin dicture book

即卖东西的人。才能卓越的人可以构筑起一个财富帝国。从地方怀揣着一攫千金的梦想来到江户的人很多，他们多半被现实击垮。

① 眼镜是高档品，经济富裕的象征。镜框是用鳖甲制的，无形中透出一种高级感。

② 和服以茶色、灰色系为主。看似朴素，对布料、里衬、小细节很讲究。

③ 店铺打烊后，看着账簿眯眯笑。生意好的时候，记账很多，诞生了用来形容生意兴隆的「记账时」一词。

Data

活动范围／日本桥、神田为中心的下町。几乎都是上方出身，说一口关东话。

活动时间／清早一傍晚。闭店后的记账时间最兴奋。

爱好／金钱、算盘。

备注／表面上笑眯眯的，内心对人充满戒备。心情不好时，适当给点钱，就能哄他开心。

第三章

嗯?·看起来相当欢乐嘛(笑)!
江户町人多姿的生活

对"士农工商"的大误解

人们对江户时代持负面印象的一个很重要的原因是严格的身份制。"士农工商",即四民的职业金字塔,下不可犯上,阶层固化,每个人的命运自出生的那一刻起就已注定。

实际情况果真如此吗?

首先,"士农工商"一词来源于《汉书》等中国典籍,意为"将构成国家的人民分成四类",但四民之间并没有贵贱高低之分,而类似于"男女老少"这种分法。

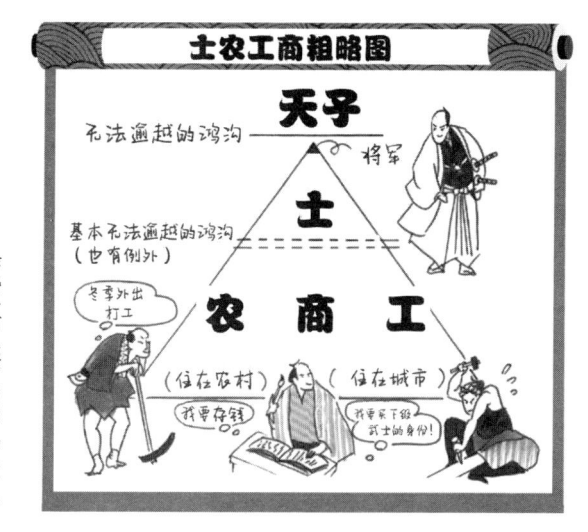

除此以外,还有僧侣、秽多、非人等身份,因篇幅的关系,本章只介绍士农工商。

日本在奈良时代开始使用这个词。经过战国时代的兵农分离，四民中的"士"与其他身份区别开来。江户初期的学者中江藤树在《翁问答》中，对当时的身份制有过下面这样一番论述。首先，人分为天子（统治天下的天皇）、诸侯（治国的大名）、卿太夫（遵从天子、诸侯指示的官员）、士、庶人（庶民）五个阶层。"'士'为辅佐卿太夫行使政务的武士。造物为'农'，匠人为'工'，商人为'商'，农工商一律为庶人（庶民）。"

在各阶层的身份金字塔中，天皇是特殊的存在，"士"与"农工商"之间界限分明。农工商即庶民，三者之间地位平等。同一身份内部的上下关系基本由出身决定，但并非完全固化。比如田沼意次，出生于旗本家族，属于武士阶层中的底层，但他最终爬上了幕府最高层的老中，兼相良藩主的位置。这说明如果身兼才能、野心和运气，突破身份限制也不是不可能。

而且，"士"和"农工商"之间也并非泾渭分明。比如，"士"的下层中，有以武士身份从事农林渔业的"乡绅"，还有平时务农交纳年贡[1]，一旦幕府有诏令，即以武士身份活动的"八王子千人同心"[2]。到了江户时代后期，甚至还有穷困潦倒的下层武士把自己的身份卖给富民的事发生。

"庶民之间职业自由"是指百姓（农民）作为年贡的主要交

---

1. 年贡：每年向土地领主交纳的租税。
2. 八王子千人同心：江户幕府的职务编制。武藏国多摩郡八王子（现东京八王子市）的谱代旗本，以及下属的谱代武士（谱代同心）。

纳人，要想转为工商业者基本是不可能的，不过，也有很多没有土地的底层农民做点小生意维持生计。这部分人多半因逃荒而来江户谋生。江户后期，流入江户的打工人口约有3万，冬季农闲时期更达5万人。整个江户人口以50万来推算的话，进城务工人员竟占了一成。这也说明江户就业机会充足，不愁找不到工作。

由此可见，江户时代虽然存在身份制，但是各阶级划分并非很严格，有变通的一面。

那么，人们为何会对江户的身份制产生如此负面的印象呢？这恐怕与明治新政府打出的"四民平等"口号不无关系。

明治初期关于明治新政的启蒙书《开化本》，鲜明地反映了明治新政府的治政思想。

077

明治维新废除了"士农工商"身份制，国民一律享有平等的权利。就业、结婚只要双方当事人同意，不受身份约束，可自由选择。

然而，这一看似具有划时代意义的决策，执行起来却困难重重。国民身份等级并没有因此而消除，反而助长了歧视，扩大了阶层差距。为此，明治新政府饱受批判。为了给民众洗脑，明治政府故意夸大了江户时代"士农工商"身份制的固化，让民众相信江户时代远比当今黑暗。

再加上，"迄今为止，所有社会的历史都是阶级斗争的历史"这一马克思主义历史观盛行，统治阶级为"士"、资产阶级为"商"、被统治阶级为"农"的观念深入人心。

正因为这样一些"大人们的原因"，包括我在内的昭和一代深受学校教育影响，认为"江户时代就是一个身份固化的黑暗时代"。现行的学校教育为了避免对当时的身份制产生误解，将"士农工商"一词从教科书中删除了……可是，这似乎不是删除就能解决的问题。

江户的"町人"是指谁？

江户城内，除农民以外的工商业者被称为"町人"。生活在繁华江户的町人常常在历史剧、小说、落语[1]中出现，可谓是最受

---

1. 落语：日本传统曲艺形式之一。

町区划分的基本形态

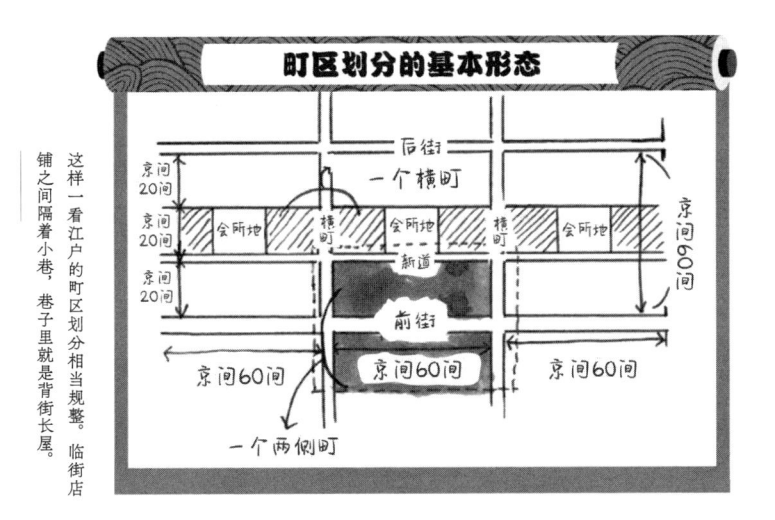

这样一看江户的町区划分相当规整。临街店铺之间隔着小巷，巷子里就是背街长屋。

欢迎的江户人形象。

在第一章中提到，江户是人为建造出来的大都市，其区域划分由简单又具功能性的町来实现（参照上图）。町长、宽各 60 京间[1]，中间夹着一条前街，将町分成两部分，这两部分又被称为两侧町。

两侧町由 20 京间深的町屋构成，町屋的所有人叫地主。狭义的町人是指地主阶层。

町屋可以自由买卖，买卖时的契约叫"沽券"。现代日语中还用"事关沽券"来表示事关荣誉的意思。因为持有沽券就意味着变身成町人，是一件很有面子的事情。

---

1. 1 京间 =1.97 米。

079

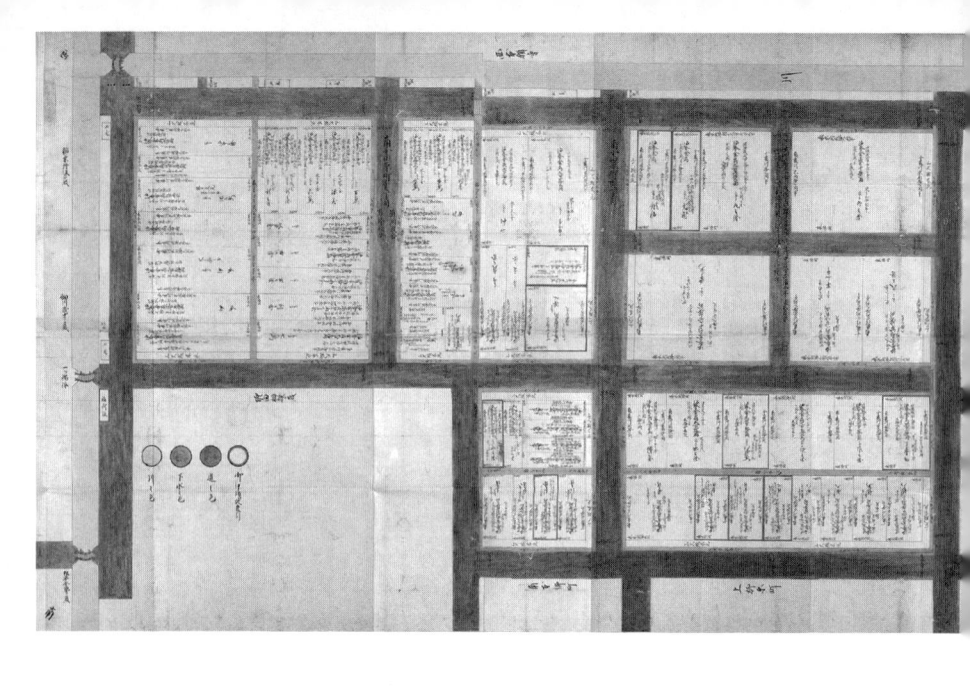

地主原先住在自己的町屋里，后来多半住在别处，由别人代管町屋的业务，即通常所说的"大家"。"大家"下面有租借土地自建房屋的"地借"，以及土地和房屋都租借的"店借"，统称为"店子"。

"大家"是町屋的"万能窗口"。除了负责房屋公共区域的修缮，向"店子"收取土地租金和店铺租金以外，"店子"遇官司时，"大家"也需要在场。"店子"娶媳妇要征得"大家"的同意，就连旅行所需要的"关所手形（身份证明书）"也要在"大家"知情的情况下才能开具。所以，"店子"在"大家"面前只能处处低头。

川柳有曰"用'店子'的屁股，捣'大家'的年糕"。意思是"店子"的粪便钱（农户上门收购作为田间肥料）是"大家"的一项可观收入。这一点在第一章（参照第24页）已有提及。俗话说"'大家'为父，介绍南小田原町的沽券价格、屋宽和坪数的沽券图。现在的筑地市场一带,幕末形成了鱼市。

'店子'为子",就连粪便也受"大家"的管理,其关系更甚于亲子。

话说回来,"大家"这份工作压力不小。"店子"拖欠租金,町屋空铺增加,都会被地主问责。因此,"大家"上上下下都需要打点好,不是细致周到的人,很难胜任这份工作。

当时的居民登记票"人别帐"是以町屋为单位的,地主、"大家"、"店子"的姓名、妻儿、职业等都登记在册。从广义上来说,所有"人别帐"上登记在册的人都可以称为町人。

江户时代的刑罚中有连坐制。自己所属团体内部出现了罪犯,就有可能被牵连。因此那些爱惹是生非的人,会被"大家"在"人

与自身岗共商事宜的月行事。与居民直接打交道,给町建言献策。

别帐"上做上记号,平时的一举一动都会受到监视。"带牌子的罪恶"这一说法便来源于此。

町奉行一登场,"老大辛苦了!"

如下页图所示,凌驾于町人之上的是町奉行。町奉行全面掌管行政、司法、警察、消防等业务,相当于集现在的东京都厅、东京地方裁判所、警视厅和消防厅为一体的机构长官。业务之繁多,令人诧异。也正因为如此,町奉行特别受百姓爱戴。

相传,町入能表演时发生了一件趣事。町入能是指每逢将军宣旨、继位、幼君诞生之时,町人进入将军所居的江户城本丸,欣赏能表演的庆典活动。本丸大会客厅前,能舞台升起,百姓与将军、幕僚共聚一堂。据史料记载,整个江户时代一共举办了50场町入能。

受邀参加的町人包括町年寄,以及各町的"大家",推算下来总共有5000人以上。这么多人一次进入会场当然是不可能的,于是分成早上和中午两组,在能三番的中入(主要人物中途退场)时轮换。即便这样,一组2500人挤在能舞台旁边的白色沙地上也是对体力的极大考验。因此被选中参加的多半是血气方刚的年轻人。面对一生只有一次的机会,参加者的兴奋可想而知。

比起能表演,能与幕府的官人们同席才是町人最期待的。他们根本无暇观剧,又是指摘政治,说"○○的事拜托好好搞",

江户町级管理模式

```
町奉行
  ↓
町年寄
  ↓
町名主
  ↓
月行事（五人组）
  ↓
〈大　　家〉
 ↙ ↙ ↓ ↘ ↘
店子　店子　店子……
```

- 町奉行[2名（南北各1名）]/统治江户町的幕府官职。町政的最高责任人。
- 町年寄（3名）/由奈良屋、樽屋、喜多村三家世袭。这三家祖辈侍奉过德川家康。位居町奉行和名主之间，统辖整个江户的町政。
- 町名主（250名）/多个町的町长。分为与德川家康一同来江户的草创名主、江户城下町建成时区域的古町名主、后来开发区域的平名主、门前町的门前名主等四种类型。全面参与町政，处理小纷争等事宜。
- 月行事（1600名，轮月上岗）/由大家构成的五人组中推选出来的人每月轮换担任。各町1人。跟随町内的自身岗，负责町政的落实。
- 大家（2万多名）/负责管理町屋和店子、给店子传达法令等，发挥着町政末梢机构的职能。

又是"色男！""大爷！"地乱喊。在这种场合，无礼是被默许的。对于将军而言，这是下情上达的难得机会，可以直接了解到町人对官员的评价。当町奉行登场时，百姓振臂高呼：

"老大辛苦了！"

因为对町人来说，町奉行才是他们最亲近的幕府官人，是"俺

们的英雄"般的存在。

在町奉行手下干活的男人

町奉行手下的与力、同心号称"八丁堀的男人",同样是町

町人能入场时的混乱局面!人场时一人发一把伞以防下雨,退场时又发酒和点心,之后还会发钱,一人一贯文。有种去江户城堡做客的感觉,难得的经历,一辈子的回忆!

085

人仰慕的对象。

他们集体生活的八丁堀组屋[1]位于下町的正中心，因此他们虽贵为武士，却操一口粗俗的口音。小银杏结发也是一大特色。

当时为了能一眼看出每个人的身份，结发是有规定的。

普通武士在后脑勺下面梳一个髻（后脑勺靠近脖子的发髻），头上顶一个髷（绑在头顶的发髻），髷很粗，鬓角顺着脸型修剪整齐。简单描述的话就是黑发、上下七三分。以现代人的审美来看，

---

1. 组屋：宿舍。

现在东京澡堂有时候还能看到"弓射"的看板。

出自《北斋漫画》。令人头疼的暴风在北斋先生的笔下竟也能显得很高级，太不可思议了。

属于相当死板土气的造型。

不过，与力、同心梳的小银杏结发走的却是平民化的休闲风，鬈鼓、鬈细，鬓角剃成一直线，和町人的一样。

这种町人化的日常装扮，一来是为了方便卧底侦查，二来可以营造亲民形象，提升百姓对武士的好感。久而久之，这一独特的形象也就被大众认可了。

泡个浮世风吕，放松身心

江户是建在关东垆坶质土层上的城市。土壤含水量高，黏土粒子多。每逢下雨，路面就变得泥泞不堪，晴天遇上刮风，又是沙尘扬天。出趟门，总免不了灰头土脸地回来。

所以，劳累一天回到家，自然想泡个澡。但是，江户的百姓家中是不设浴缸的。原因有二：

其一，浴缸会增加火灾隐患。江户木造建筑密集，本身就已火灾频发，各家再都有浴缸的话，就会大大增加发生火灾的概率。

其二，水和燃料的问题。江户町区是填埋地，地下水的获取

087

从更衣处到淋浴处、浴池是直通的。能看到很多带孩子来的父亲,此时应该是傍晚时分。右下一名男子在剪脚指甲。在江户,不爱干净的男人、女人不爱!

① 更衣处 ② 淋浴处 ③ 搓澡工 ④ 石榴口 ⑤ 通往二楼座席的楼梯

钱汤

江户日常生活不可或缺的公共澡堂。真舒服啊!

是一大难题，而且每天的柴火费也是一笔不小的支出。所以在江户，要想舒舒服服地在家泡个澡，几乎是一件不现实的事情。

于是，人们就去大众澡堂。在这里泡澡既可以交换信息，又可以社交和娱乐。到了幕末，江户市中心的每个町都有两家澡堂，非常方便。

澡堂门口会挂着如第87页图这样的标识。右边是"弓射""汤入"谐音梗招牌，到了后期就变成左边的样式固定了下来。

掀开男汤的布帘进去便是收费台。

请注意看第88页图中的更衣处。嗯？！竟然有女人！你可千万别惊讶，江户的澡堂本来就是男女混浴的。后来考虑到混浴有伤风化，宽政改革以后，政府多次出台混浴禁令。多次出台意味着

衣物收放在柜子里。

多次被破坏。澡堂新建和改造都需要大笔费用，为了节省开支，就在入口处将男女分开，再将浴池简单地分隔一下，其实最后还是混浴的状态。更衣处是男女共用的，有女人也不足为奇。

不过，客人基本上会错峰而来。一大早是去上班或下夜班回来的男客人，白天是女客人，傍晚是放学归来的孩子或下了班的男客人。

进去以后，先把衣服放在第90页图片所示的柜子里，然后在淋浴处将身体淋湿，用糠袋（一种里面装满米糠用来搓澡的袋子）搓干净身体。也可以付点小费，专门请人搓背。这就是字面意思的"除垢"。

第88页图中还有一个男人背对着坐，一边朝女人那边瞥上几眼，一边在处理多余的体毛，表情略显尴尬。男汤这边的冲洗处放着处理下体毛的去毛石。

江户男人非常注重形象。当时对男性的恶评中高居首位的就是口臭，因此收费台有卖牙签和牙粉（加了薄荷的细沙），每日的口腔护理必不可少。

通往浴池的石榴口很窄，可以起到保温的效果。因为需要屈身进入，屈身进入的"屈み入る"与擦拭镜子之意的"鏡鋳る"同音，而当时擦拭镜子用的是石榴汁，故得名。玩的又是谐音梗！

浴池内部只留几个小窗用来采光，朦胧昏暗，有可能会碰到池子里的人，所以在下池子之前，一般会先打声招呼，说声"冰凉的进来了"（因为刚来，身体还是凉的，没有泡热），或者"乡下人进来了"（乡下来的，还不习惯城里生活，如有冒失，请多担待），相当礼貌绅士。

通往二楼座席的楼梯，只有男汤有。座席需要另外付费，除了提供茶点外，还准备了象棋、镜子、梳子、指甲刀等供客人使用。这里还有可以窥见女汤的洞孔，有时候也用作讲座、落语、花道的练习场所。

身处轻松的氛围里，人就容易吐露心声。谈论戏剧的好坏，批判政治问题，细说火灾的原委，八卦街坊邻居的琐事……这里便成了与力收集情报的好去处。为了能够打探到男汤这边真实的情报，他们会特意泡在女汤里，虽然一般都选择男汤拥挤、女汤人少的清晨时段，但总归有些不雅。八丁堀澡堂的女汤还专门设置了放置武士刀的刀架，"女汤的刀架"被列为上八丁堀七大不可思议之一。

与力、同心的理发师每天上门服务的理由

除了澡堂外，注重形象的江户男人们还勤去理发店。剃月代（头顶剃光的部分），束发髻，虽然过程有点漫长，但可以看看书，下下围棋、象棋，聊聊天，男人们似乎也乐在其中（如下页图）。

川柳有日「没有女人缘的家伙请试着换一家理发店」，江户男人对发型非常在意。发油分为高级的伽罗油和便宜的胡桃油和芝麻油，所以抠不抠门儿，从味道就能分辨出来。图中那位正在束发的男子，脸皮都被拽变形了，看着好疼（笑）。

理发店

图中还可以看到墙上贴满落语、戏剧的宣传画，也能反映出理发屋客流量很大。理发价格28～32文（500～700日元），把它当作一项兴趣爱好的开销来看的话也不算贵。

营业形式分为几种，开在町内的称作内发屋，开在桥头等客流量大的地方的称作出发屋，也有提着工具箱上门服务的。营业时间从早到晚，配合着人们的生活方式，非常方便。

而町奉行的与力、同心每日都要束发、剃发，被称为日发、日剃。他们拥有一个特权，那就是每天早上理发师都会上门服务。

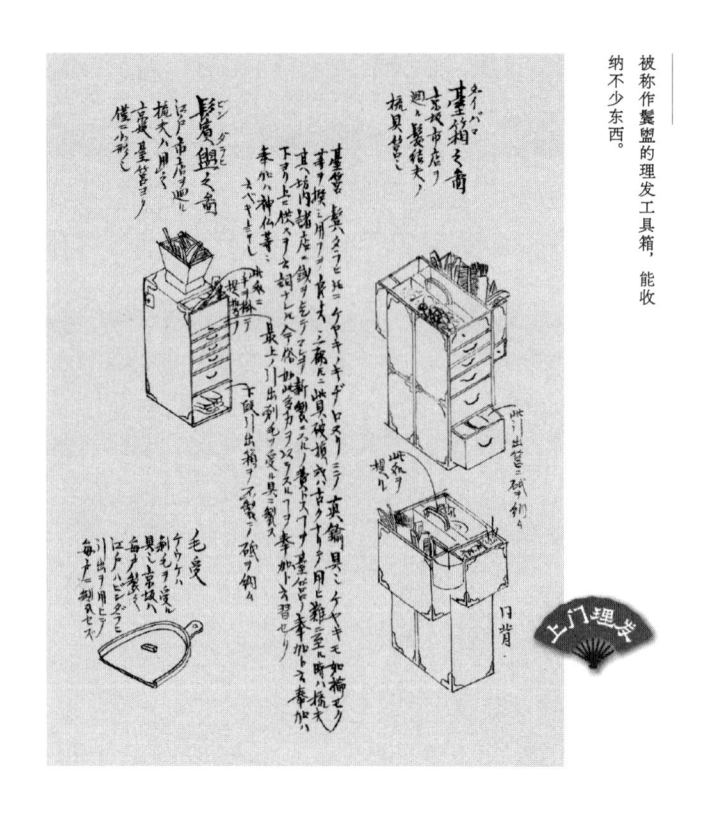

被称作鬓盥的理发工具箱，能收纳不少东西。

客人拿着盛接头发的工具。看这反应……是被削过头了吗？！

> 左边是自身岗，右边是木户岗。中间是出入町屋的木门。设计巧妙。

理发店客人多，意味着信息也多。这是为了方便犯罪侦查而形成的一个惯例。理发店在获得业务的同时，也要承担相应的义务。比如，奉行所附近要是发生火灾，必须第一时间赶来协助搬运资料，还要负责监视过往行人和清扫大桥等，也有很多人充当与力、同心的捕吏。

町奉行共两名，南北各一名，与力50骑（因为被允许骑马，所以与力的人数用骑来表示），同心200余名。这些都是町奉行所的正规人员。

其中真正负责犯罪搜查的人员只有20名左右，包括秘密巡查同心、定町巡查同心和临时巡查同心，俗称"三巡查"。以20人的警力维持江户町内50万人口的治安，其难度可想而知。因此，就需要町屋的"大家"、澡堂、理发店等发挥町奉行所末端机关的功能，协助町奉行所维持治安。

宵禁从几点到几点？木户岗与自身岗

江户的宵禁从晚上10点开始。町屋的大木门在这个点关闭，清早6点打开，在这期间百姓是不能自由通行的。

你可能忍不住想要吐槽，这简直就是把人关进笼子里！但是从治安角度来看，却大有益处。宵禁期间出入町屋，必须向木户

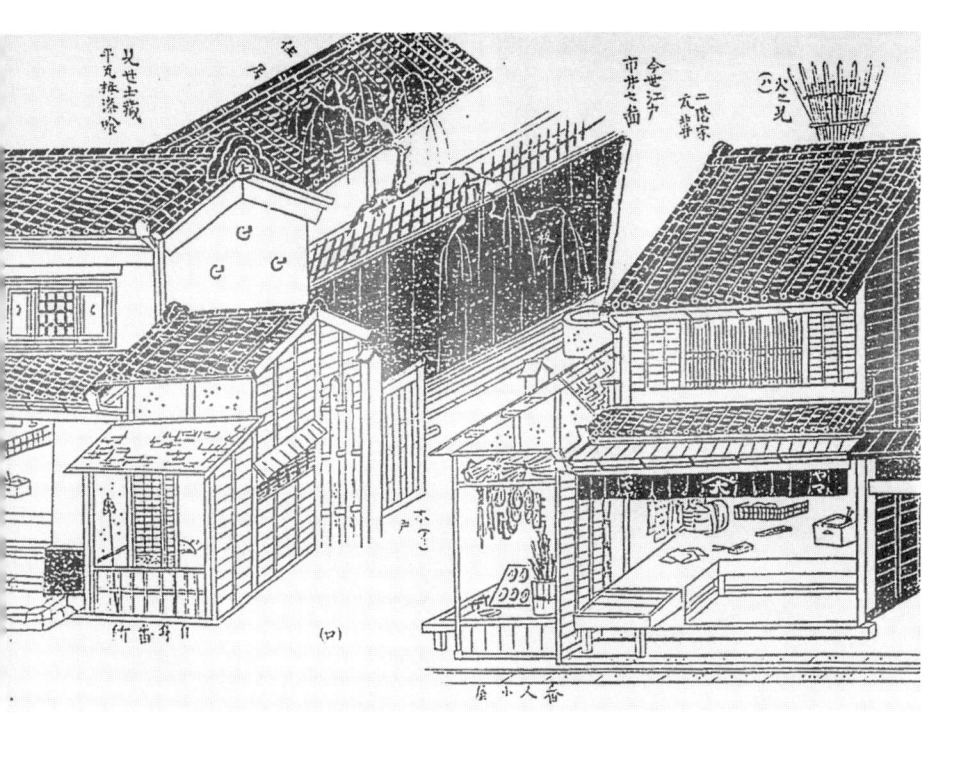

岗提出申请，从旁边小门通过，形迹可疑的人自然会受到盘查。

大木门旁边设有门岗，称为木户岗，管理人叫番太郎，负责大木门的开关，以及盘查通行的路人。这份工作收入微薄，他们便在门岗卖点杂货贴补家用。从草鞋、蜡烛等日用品，到粗点心、烤红薯等简单吃食，木户岗俨然是个小便利店。

木户岗的对面是自身岗，顾名思义，是町的地主自己值勤的地方。后来变成由"大家""店子"轮流值岗。这里相当于派出所，町内有人吵架，或有可疑人员出没时，会被带到这里问话。有弃婴或有人晕倒，也会被带到这里暂时看管。

自身岗附近的楼顶设有火警瞭望台，挂着一个警钟，火灾发生时，有专人敲响警钟告知居民。消防工具也一应俱全，因此自

一币束：日本神道中献给神的纸条或布条。

完成上梁仪式的工匠们。工头手持币束，威风凛凛地走在队伍最前端。

身岗也发挥着消防站的作用。

平安无事时，百姓们在这里下围棋、看书，消磨时间。町发布的一些政令也会张贴在这里。这里类似于町的公民馆。

不难看出，江户百姓有着很高的自治意识，"自己町屋的事情自己解决"。町奉行能够以极少人员治理江户八百八町，也是这个原因。武士与百姓齐心协力，共同维护着江户的和平。

背街长屋，久居则安

6点的晨钟响起，木门打开，江户町开启了新的一天。

上图描绘的是日本桥大传马町街铺的情形。在布店一家紧挨一家的商店街上，江户最大的吴服店——大丸屋（现在的大丸的前身）门前，齐刷刷地挂着一排布帘，甚为壮观。

伴随早上6点的钟声，整个江户城下町开始苏醒。挑担小贩的吆喝声或许就是闹铃？!

098

在町屋拥有一间临街店铺是大多数老百姓的梦想。可现实是70%的町人一辈子只能生活在背街长屋里。下图描绘的是背街长屋出入口的景象。与临街店铺的落差有点大啊（笑）！

木门上挂着各种牌子、看板，上面写着该区域居民的职业，还贴着一些广告。当时不管是武士还是平民，都没有在自家门前挂门牌的习惯。在长屋居住的话，就像这样在木门上大致标记一下。巷口围满了卖早点的小贩们。挑着担子卖蛤蜊的孩子张着大嘴，我们仿佛能听见那响亮的吆喝声："卖蛤蜊哟——卖蚬贝哟——"画面拥挤而混乱，却能感受到江户普通百姓的生活气息，那里是熊五郎和八五郎[1]的世界。

---

1. 熊五郎和八五郎：经常出现于日本落语中的主人公的名字。

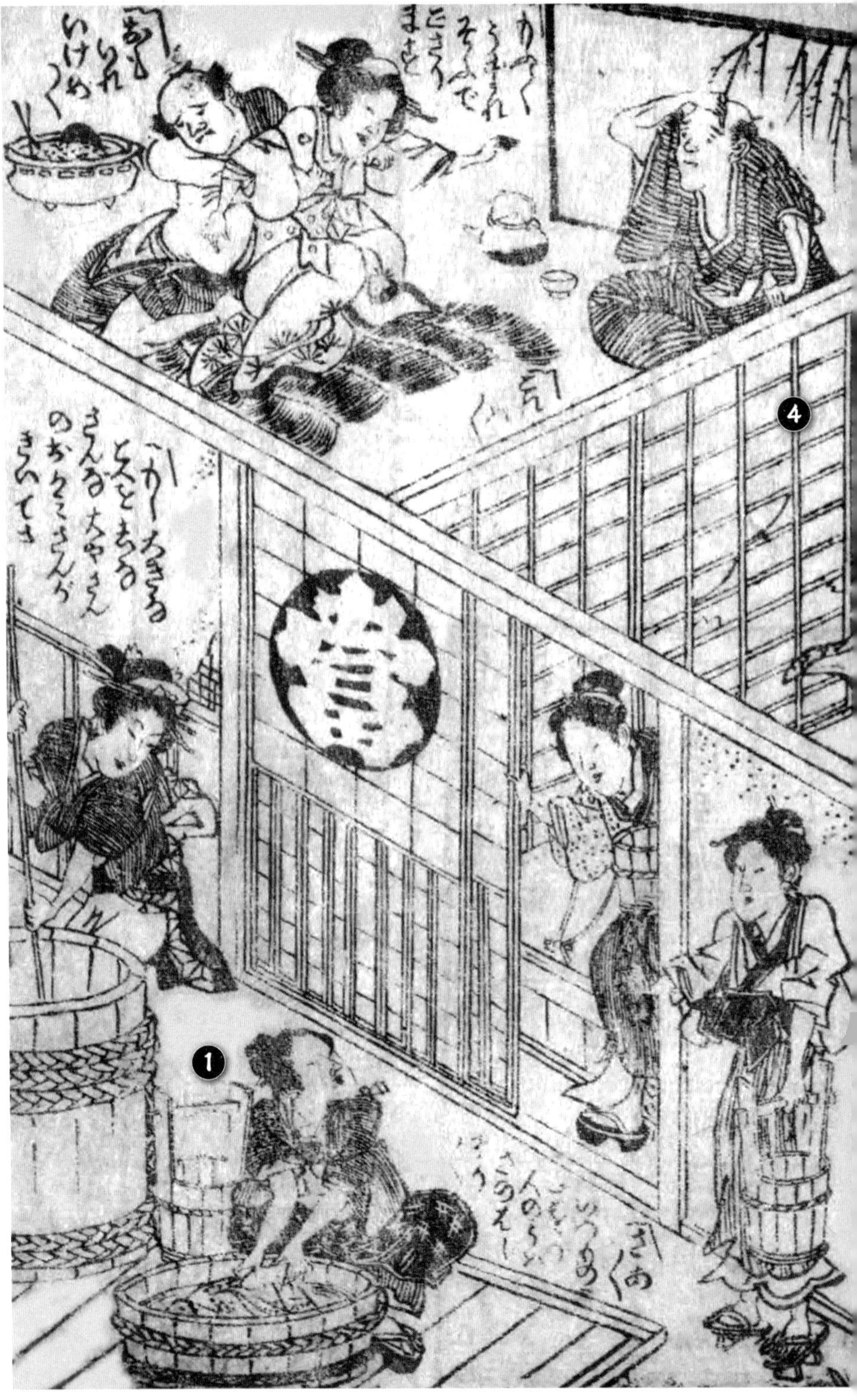

4
1

背街长屋的生活

隐私？不存在的。来见识一下真正的共同生活！

逼仄又快乐的长屋生活。每个房间都在上演「修罗场」。只隔了一扇障子门的共同生活，最重要的是得学会「睁一只眼闭一只眼」。

❶ 水井、厕所、垃圾场等公共区域 ❷ 有家室的房间（屋宽九尺，深三间）❸ 木箱 ❹ 与隔壁的界限

背街长屋的生活是这样一番模样。水井、厕所以及垃圾场是共用的。日语中有一个词叫"井边会议",即每天妇女们聚在井边,一边聊着家常一边做家务。

七月七日是换水日,"大家""店子"全体出动,抽干井水,进行清扫。清扫完成后,还会举行一个小小的庆功宴。这种定期举行的全员参与的活动能够加深邻里的感情,至少"不知道隔壁住的是什么人"这样的事情是不可能发生的。

接下来看看居住空间。背街长屋的格局一般是"九尺二间",即屋宽九尺(约2.7米)、深二间(3.6米),里面隔了一间四帖半的榻榻米房间、一个土间[1]和一个简陋的厨房,整个空间非常狭小。

有家室的人家屋宽九尺(约2.7米),深三间(5.4米),空间稍微开阔了一些,但也只能容下一个收纳用的大木箱。日用品必须想方设法挂在屋顶或墙上。

与隔壁只隔了一面薄墙和一扇障子门。隔音效果差到根本没有隐私可言。现在底层艺人的居住环境恐怕都要比这好……

不过话说回来,住在这里也有一大好处,那就是没钱也能活下去。

比如,不用交纳维持町运转的"町入用",即税金。町入用以町屋临街一面的屋宽一间(1.8米)为单位征收,所以只有地主、

---

1. 土间:未铺设地板的泥土地面的房间。多为玄关。

在江户，只有鱼贩被称为『棒手』（挑担郎的意思）。是行商界的花形。

房主承担纳税义务，同时拥有相应的町政议事权、町官的选举权和被选举权。

背街长屋的居民不用交税，自然也不享有这些公民权。他们甚至没有储蓄的必要，房子要是在地震或火灾中毁坏了，地主也会重建。他们每个月只需交 300 文（6000～7000 日元）的房租，如果是有问题的房子，房租只会更便宜。

没有一技之长，没有学历，也不用担心。可以干些短工或做点小买卖，只要赚够一天的生活费，日子就能过下去。江户背街长屋的百姓们以实际行动讴歌着无业游民的快乐生活，让人不由得心生羡慕。

女孩子喜欢的技艺

除了文化课的学习外,江户的女孩子还会学习一些其他技艺,比如裁缝、三味线、跳舞、唱小曲等。家长们希望女儿将来能进武家做事,通过技艺吸引官人的注意,运气佳的话坐上锦轿。梦想很美好,不过小小年纪就失去快乐的玩耍时间,有点可怜。

1.午日:干支逢午的日子。

教学优势

由町级名师完全一对一授课!
"完全不……""好的,那我再讲一遍。""明白了……"

通过与同伴的交流,自然而然学会长幼之序。

桌子可以放在自己喜欢的地方,想学什么就学什么。
"这个月的歌舞伎会看了吗?""看了!"

在自由的氛围中,尊重孩子的个性,让孩子茁壮成长。

这不是无组织无纪律

大江户速报 (三)

文化年间特别号

江户的育儿情况

近来，全国出现了教育热现象。宽政改革以后，全国寺子屋的数量持续增加。特别是在江户，这种倾向更为显著。经本报调查发现，就连长屋居民也纷纷送孩子去上学。

寺子屋以7岁至15岁孩童为对象，根据每个人的个性与成熟度进行一对一教育。大家关心的入学金200文（4000日元），每月学费100文（2000日元）。

二月午日，孩子带上桌子和文具报到，每天跟着老师上一上午的课。另外，春秋两季还会举行学习成果发表会和即兴书画展示，让家长感受孩子的成长。

如果孩子表现不好，偶尔会实施一种叫「棒满」的惩戒——拿上茶杯和线香，在桌子上罚站，直到香熄灭了为止。总体来说没有体罚，学习主要靠孩子自觉。

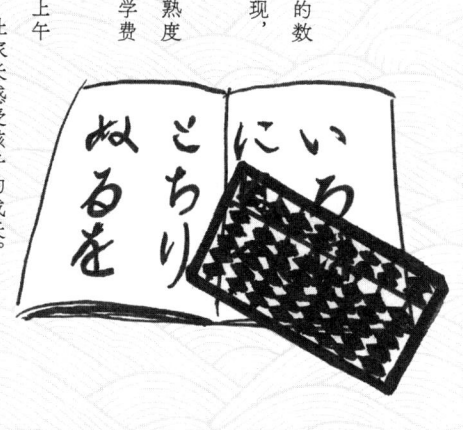

现如今『读、写、算盘』已是稀松平常的时代，为孩子的将来考虑，送孩子去上学不失为一种明智之举。

町人

江户人图鉴 ③

Edoiin dicture book

江户时代对居住在城市的工商业者的统称，很多时候会使人联想到长屋居民。他们的特点是穷困潦倒、天性乐观。

❶ 塌鼻子、大嘴巴、扁平脸。嘴巴很毒，心里却藏不住事儿。经常会哼一些不明所以的调调。

❷ 最害怕被人说有口气，所以很注重口腔卫生。

❸ 喜欢光脚。喜欢盘腿坐，或单腿立起来坐。

Data

活动范围／在背街长屋居住，有时会找借口去吉原、冈场所，喜欢澡堂。

活动时间／早睡早起。

爱好／酒、女人。

备注／居住空间狭小，所以基本都是小个头。说话大嗓门，习惯了也就不觉得了吧？

第四章
演员、偶像、体育选手……那些众人仰望的明星们

时尚源于歌舞伎

歌舞伎是日本享誉世界的传统艺能，有人会觉得它高雅复杂、难以接近。江户时代是不是也是这样呢？

下页是描绘歌舞伎代表曲目《助六由缘江户樱》的浮世绘。故事取材于镰仓时代被誉为日本三大复仇记之一的《曾我兄弟复仇记》。右边的是花川户助六，实为曾我五郎，左边的是甜酒小贩，实为五郎的兄长曾我十郎。这是两人为了寻找杀父仇人，在江户的吉原碰头的一幕。

……嗯？等一下！两人的装扮怎么看都像是江户时代的风格？！而且，镰仓时代的江户根本没有吉原！

没错！歌舞伎不管演绎哪个时代的故事，演员都会身着当时（江户时代）最流行的服饰，出现在观众熟悉的场所。相当于现代演员穿着西装，以新宿歌舞伎町为舞台演绎时代剧。可以说歌舞伎是一种相当前卫激进的戏剧。在江户百姓眼里，它是大众娱乐的最高峰。

江户时代后期，幕府颁布的质朴节俭令越来越严苛，百姓的着装打扮受到更为严格的限制。用昂贵染料染成的颜色艳丽、刺有花鸟风月的华服被列为处罚对象，和服变得越来越朴素。于是

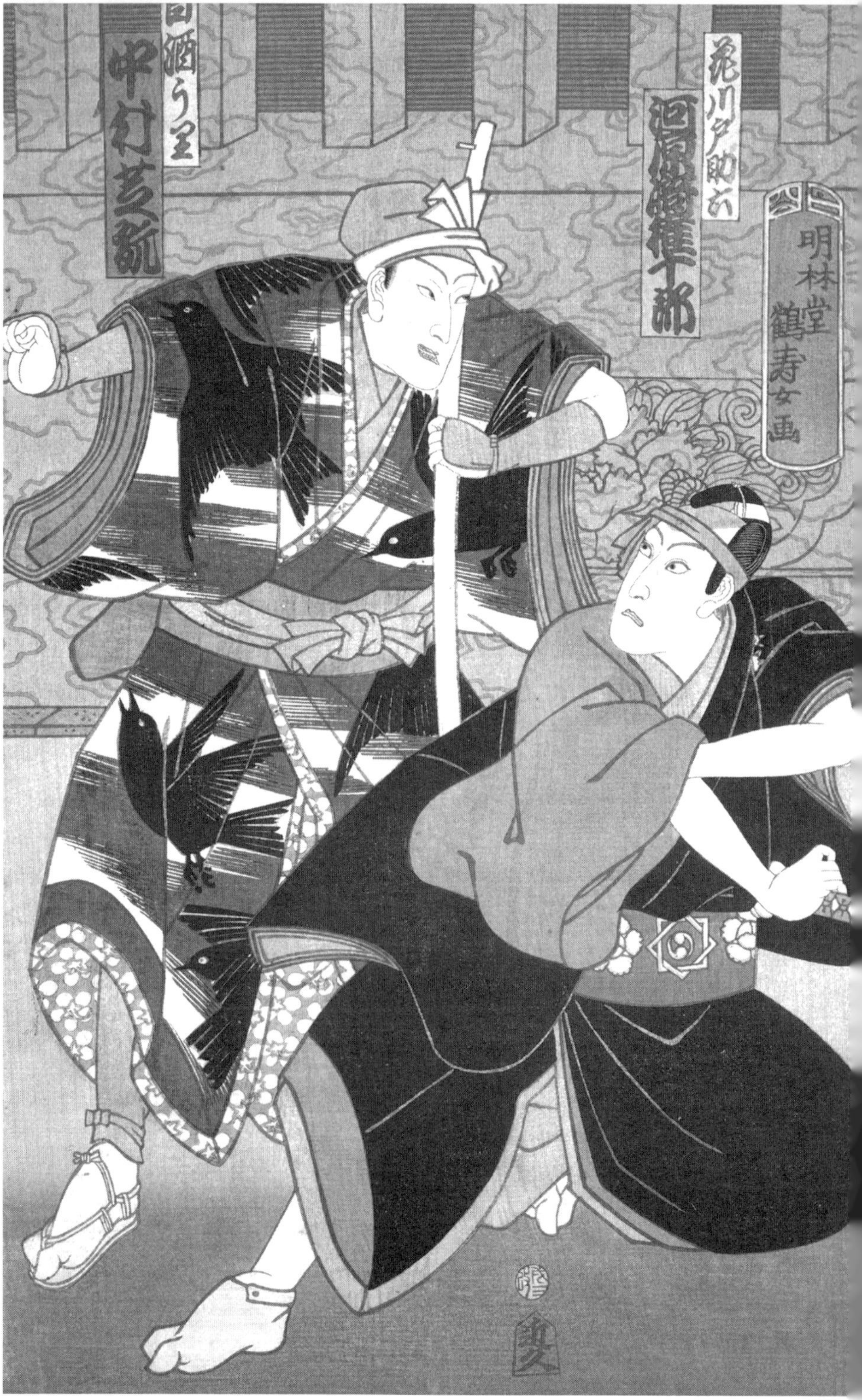
明林堂 鶴寿女画
花川戸助六
河原崎権十郎
酒うり
中村芝翫

格子花纹。古往今来，偶像都适合穿格子花纹的衣服。

歌舞伎演员费尽巧思，创造出了不触碰法令的时尚文化，成为潮流风向标。

我们来看一下前页图中花川户助六的服饰。黑羽二重[1]雅致小袖[2]，内衬用醒目的红绢来点缀，下装是绯色缩缅[3]襦袢[4]，系着兜裆布。这套装束看似朴素，实则在质地、内衬和下装上极为讲究。

额头上的缠头布也很醒目。当时，人们认为额头上缠一条用紫丁香染成的紫色布条可以退烧。缠头布的结一般是打在额头左边的，但是助六故意把结打在了右边，表明自己"超元气"。缠头布的江户紫是用武藏野地区野生的紫丁香草染成的，极具当地特色。

---

1. 羽二重：和服的一种面料，纯白纺绸。
2. 小袖：窄袖和服。
3. 缩缅：一种日本的特殊织法的丝绸，和我国的绉绸相似。
4. 襦袢：穿在和服内的衬衣。

《助六由缘江户樱》中花川户助六（右）的服装是经过精心设计的！

再请注意看脚部。白足袋颜色太过跳跃,用蛋黄色则恰到好处。足袋裁剪也极为讲究,刚好没过脚踝,浅浅地露出脚背,可以显腿长。

助六的服装风格一直延续到了现在,这足以说明其设计之精巧。

从歌舞伎诞生的诸多设计

除了服饰外,歌舞伎还开创了很多纹样。格子纹就是其中一种。初代佐野川市松设计的市松条纹,《劝进账》中弁庆穿的弁庆格子,等等,成了连女性也钟情的日常穿着中的时尚元素。

条纹的种类也很丰富。文化十一年(1814)六月上演的《双蝶蝶曲轮日记》中,坂东三津五郎和中村歌右卫门身穿三大条纹(源于坂东家三个大字图案的家纹)

女性也穿弁庆格子

女性一穿上弁庆格子纹,就会给人英气潇洒的印象。

> 条纹不是简单的线条，设计感最重要。

和芝翫条纹（取自歌右卫门的俳号芝翫，用四条竖线和扣环来表现）的服装同台表演，一时成为话题。第三代尾上菊五郎设计的斧琴菊（日语中，斧音同"好"，琴音同"事"，菊音同"闻"，即听闻好事），以及第七代市川团十郎设计的镰轮纹（音同日语的"不要紧"）也都在舞台上亮过相。

通过精心设计，茶色、灰色等素色也变身为素雅别致的颜色。上方演员初代岚璃宽偏爱的璃宽茶、第五代松本幸四郎的高丽纳户等被冠以演员的名字或屋号，引得粉丝们纷纷效仿。

于是，茶色和灰色也拥有了"四十八茶百鼠（灰）"的丰富层次。

即使受到质朴节俭令的限制，歌舞伎演员也没有放弃对美的追求，而是开创了全新的时尚。他们是明星演员、人气模特，也是顶尖设计师、新锐艺术家，受到众人追捧。

颜见世公演之狂热

江户人对歌舞伎的狂热，可从下页图略窥一二。这是描绘当时芝居町的风俗史料。

芝居町

看这江户著名娱乐街的人流量,太惊人了!

三月や 夢红楼の 角蟹 蕉太

人们头上包着的黑头巾叫宗十郎头巾,是由歌舞伎演员第一代泽村宗十郎开创的潮流,可防寒、遮脸。这里描绘的可能是私下来看剧的武士们。

❶ 芝居小屋 ❷ 芝居茶屋 ❸ 木门 ❹ 鱼贩 ❺ 标题『芝居颜见世之图』

芝居顔見世の圖

あくり　冬毛の　柄乃　幻舞　秀庭

目及之处，人满为患，那密集程度不禁让人倒吸一口冷气。①四方形瞭望塔耸立的是剧场，即芝居小屋。上面挂着中村座的"隅切银杏"[1]图纹。

瞭望塔是幕府认证的标志，江户歌舞伎最初只有中村座、市村座、森田座、山村座允许建有瞭望塔。后来，山村座因人气演员生岛新五郎与大奥女中[2]绘岛的绯闻，即绘岛—生岛事件而倒闭，自那以后，山村座以外的三座被称为"江户三座"。中村座对面是人形净琉璃的小屋。歌舞伎、人形净琉璃等集

1. 隅切银杏：切掉角的银杏。
2. 大奥女中：大奥的侍女。大奥是指江户城堡内将军夫人的府邸。

大奥史上最大丑闻的主人公——绘岛（右）、生岛（左）。两人关系被发现后，绘岛被发配到信浓高远藩，生岛被流放到三宅岛。

中于此，形成了芝居町。

②是芝居茶屋。二楼非常热闹。当时表演从早6时开始至晚6时结束，上演一整天。有钱的看客为了追求舒适的观剧体验，就利用芝居茶屋。订票、休息、换装、吃饭，都可以在芝居茶屋完成。演出结束后，还可以在茶屋设宴，邀请心仪的演员（需额外加钱）共进晚餐。据说绘岛和生岛密会的地方就在芝居茶屋。

③处的木门是堺町、茸屋町的分界线。因为江户三座的中村座和市村座分别位于这两个町，所以这两个町被称为二丁町，即现在日本桥人形町一带。

④描绘的是鱼贩。旁边还有人提着灯笼，应该是天未亮，鱼贩挑着担子挨家挨户兜售着刚从日本桥鱼河岸进的鲜鱼。

这是芝居町颜见世公演第一日的情形。颜见世是指歌舞伎新演员班底与世人见面的演出，在每年的十一月举行。江户的歌舞伎演员与芝居小屋一般签订一年演出合约，类似于现在职业棒球的性质。因此，十一月是歌舞伎世界的新年，新签约的演员班底集体在舞台上亮相。这一日的芝居町昼夜喧嚣，热闹非凡。

"千两演员"，众人羡慕的对象

千两演员是指以千两以上薪酬签约的顶级演员。当时的一两以现在的8万~10万日元来换算的话，千两以上则高达1亿日元。

当时在店里做工，一年的工资只有5~10两，千两实在是一个天文数字。正因为如此，演员的签约费一直是人们津津乐道的话题，通常被公布在一个叫"演员工资附"的告示上。下面是文政十年（1827）的记录。

三代目　中村歌右卫门……1400两
三代目　坂东三津五郎……1300两
五代目　松本幸四郎……1200两
七代目　市川团十郎……1000两
五代目　岩井半四郎……1000两

"看看，一个个赚得盆满钵满！"百姓们一边吐槽这"让人生气的排名"，一边又忍不住投去羡慕的目光。

芝居町的繁荣和演员的高薪触犯了幕府的质朴节俭令。歌舞伎演员的风头盖过幕僚，这是幕府不愿意看到的。

于是，幕府多次施压，在天保改革年间，甚至提出过废除歌舞伎公演的政令。最后，双方在北町奉行远山景元即"远山金先生"的斡旋下达成共识。条件是将芝居町迁移至郊区，规定演员薪酬的上限为500两。

新的芝居町位于浅草圣天町，征用了丹波园部藩1万坪的郊区别墅用地。相比江户市中心，这里显得有些偏僻。观众不愿意跑那么远去看戏，于是颜见世公演渐渐失去了往日的热闹……

这么看来，芝居町的迁移似乎占尽了各种不利因素，其实也未

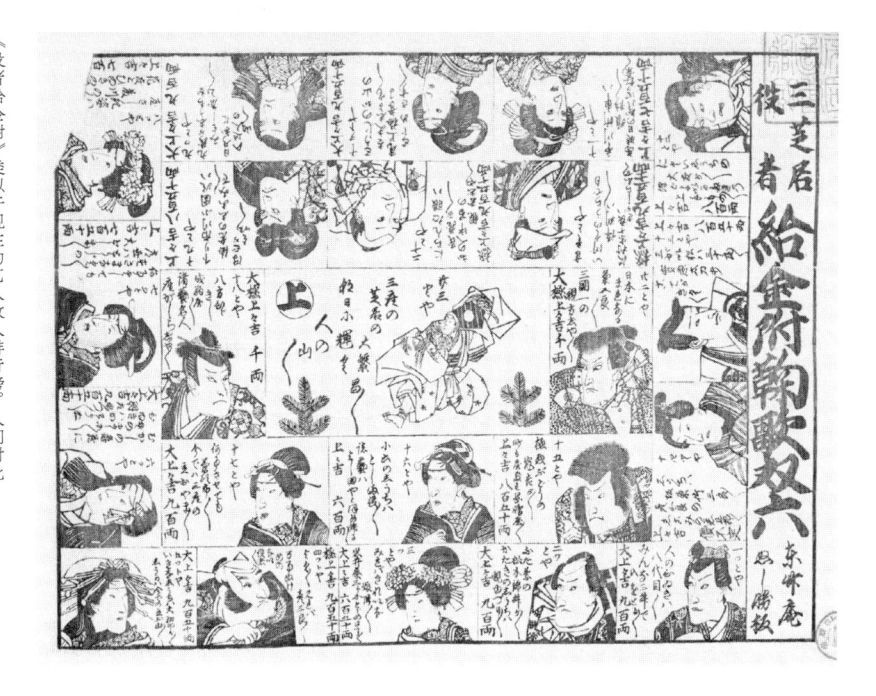

《役者给金附》类似于现在的艺人收入排行榜。人们对此确实有点好奇（笑），会做成游戏牌在世间流传。

必。新的芝居町冠以江户戏剧公演的鼻祖猿若勘三郎（初代中村勘三郎）之名，更名为猿若町。在这一片新天地里，除了江户三座，还吸引了人形净琉璃等其他曲艺的芝居小屋，演员、幕后工作人员纷纷在此定居。市面上甚至出现了名人住所地图（如第120页上方图）。走在街上，说不定就碰上了哪位名人，这里简直就是另一个比弗利山庄。

江户最受欢迎的男人

明星诞生，熠熠生辉。

江户时代最受欢迎的男人非第八代市川团十郎莫属。通透、

119

竟然有人气演员住所地图……简直难以想象。

高级、优雅，荷尔蒙气息满满而不为过，清澈又不失娇柔，女人爱，男人也爱。

曾经有一场入水的戏，团十郎表演结束后，剩下的水被当作美肌化妆水出售，一抢而空。

性格好又孝顺，如此完美的男人竟然还是单身，无数人为之疯狂。然而命运弄人，就在人气绝顶的32岁，团十郎在大坂巡演时

仔细看，连脚指头都有人在舔。怪不得第八代传人会是这副表情（笑）。

自杀身亡。江户人被一种巨大的丧失感击垮，疯狂创作了300多幅死绘（著名演员死后，人们为他创作的肖像浮世绘。上面记有悼念词、法名、菩提寺[1]以及生卒年月日等。类似于发布讣告的号外）来纪念他。

上页下方这幅死绘里，团十郎化作释迦牟尼的涅槃。女人们掩面哭泣，孩童、小猫也围在他身边。

芝居町搬迁后，歪打正着离吉原更近了。在江户最有名的宗教圣地浅草寺后面，聚集了芝居町和吉原，两者产生的协同效应使得这一带的关注度和集客力迅速提升，呈现出了非凡的活力。

吉原的诞生

吉原是在江户特殊的人口状况下诞生的特殊区域。

第一章已有提及，江户城下町是在德川家康进入江户后才开始筹建的。幕府政权正式建立后，参勤交代的大名武士以及工商业者从全国各地涌入江户。再加上寺社用地的开发和整个城下町的建设，使得大量土木工人流入，江户的男性人口急剧膨胀，女性人口不足成为一个严峻的社会问题。

虽然没有确切的统计数据，但是女子被卖身为游女（妓女）

---

1. 菩提寺：日本安放墓地的寺庙。

幕末浅草一带的古地图。这么看，浅草寺、芝居町和吉原确实离得很近。

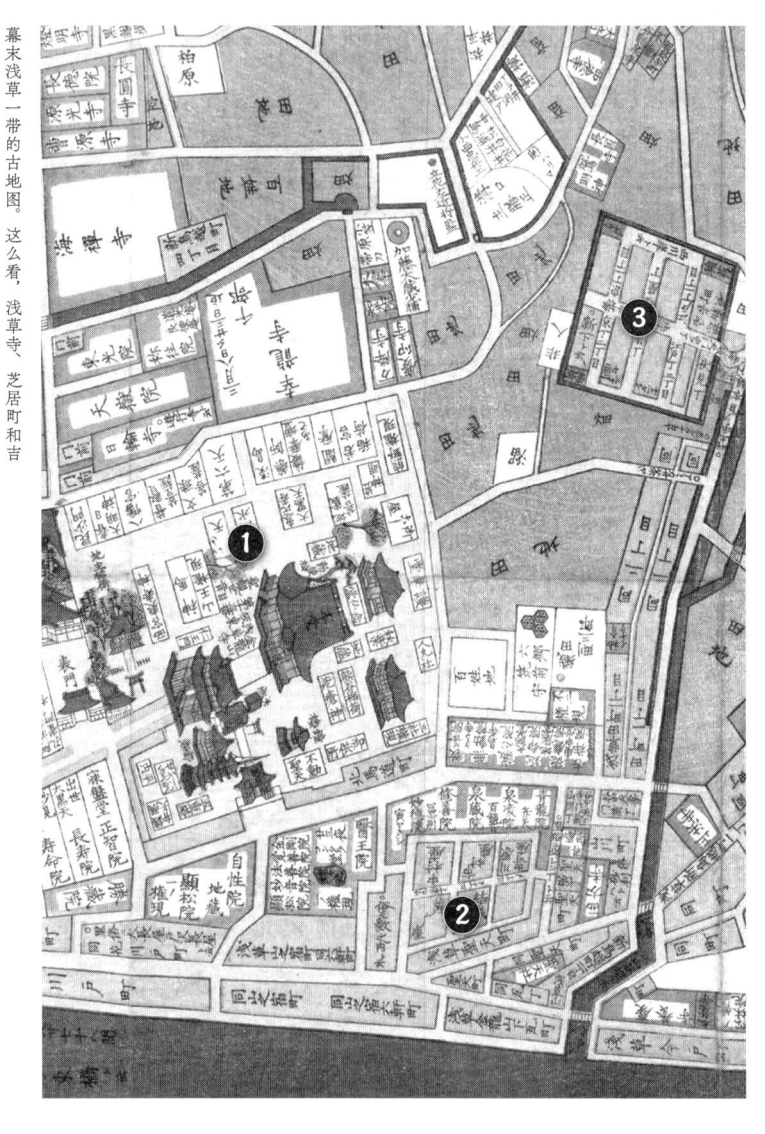

❶ 浅草寺 ❷ 芝居町 ❸ 吉原

事件频发就是一个很好的证明。江户卖春旅馆遍地开花,有妓女的澡堂即汤女风吕盛极一时。这种风俗店只要花钱就可以长期滞留,成为罪犯的藏身之所。当时社会风气之败坏、治安之混乱堪忧。

于是,一位名叫庄司甚右卫门的人以妓院方的立场,向幕府提出兴建游郭的建议。

出于政治性意图,将公娼(有正规营业资格的游女)集中于一个区域,四周用护城河或土墙围起来,取城郭的"郭"之意,这个区域就叫游郭。历史上有丰臣秀吉在京都、大坂建造游郭的先例。

对于妓院来说,获得了幕府许可的合法经营权,不再是黑店;对于幕府而言,将分散的妓院集中于一处,便于管理,解决社会问题。这是一个双赢的举措。

至此,元和四年(1618),江户唯一公认的游郭在日本桥茸屋町(现在的人形町一带)诞生了。因周围芦苇丛生,被叫作"苇原"。又因"苇"的日语发音同"恶",故取"吉"字,名"吉原"。

吉原靠近江户御城,地段虽好,却有损御城形象,于是明历大火之后,迁到了浅草田圃。日本桥的吉原被称为旧吉原,浅草田圃被称为新吉原。我们经常在时代剧或者小说中看到的是新吉原。

从第122页的地图可以看到,新吉原四周被田地包围,与世隔绝。由于远离江户市区,偏居北部一隅,这里也叫作"北国"。这座陆地孤岛对于疲于奔命的人们来说,是治愈的天堂。

传说中的花魁——胜山与万治高尾

下面要出场的是吉原历史上两颗璀璨的明珠——花魁双璧。

胜山是旧吉原时代的顶级明星,出道前是神田丹前风吕(澡堂,因位于堀丹后守[1]宅邸前而得名)的汤女。

她出身良好,生性好强。十三四岁时她与父亲吵架,一气之下离开八王子来到江户,在丹前风吕做事。她身形高挑,穿袴装、插木刀,走路外八字,英姿飒爽。男客们慕名而来。丹前风吕的客人们竞相模仿她的着装风格,穿上"丹前"夹棉羽织。

她的发型高雅而独特,把用白布条绑在脑后的发髻向前绾成一个大圈,在女性中大为流行。

就在她人气绝顶之时,丹前风吕却因斗殴事件倒闭了。她接受了旧吉原抛出的橄榄枝,火速跳槽。在初次亮相的花魁道中,她迈着豪迈的外八字走花道,大受好评,被旧吉原和新吉原的花魁们沿袭下来,以至于一提到江户花魁道中,便想到外八字。

胜山迅速登上了花魁的最高位——太夫。

太夫的服务对象是大名、上级武士等高端客人,只有兼备艺能、文学、书画、游戏、茶道等教养,不拜金不谄媚,品性端庄的人

---

1. 堀丹后守:即堀直寄。安土桃山时代至江户时代初期的武将、大名。越后坂户藩、信浓饭山藩、越后长冈藩、越后村上藩藩主。官位为从五位下丹后守。

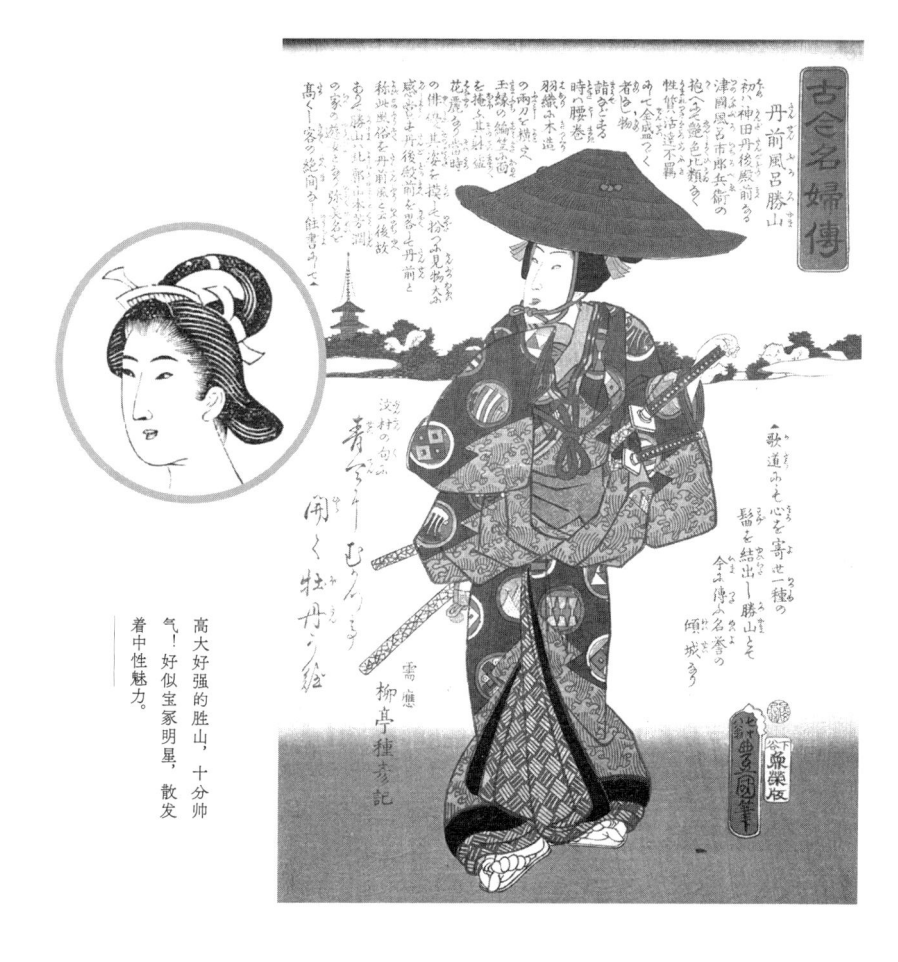

高大好强的胜山，十分帅气！好似宝冢明星，散发着中性魅力。

才能配得上这一头衔。

然而，世事难料。在出道三年后的某天，太夫胜山突然从大众视野里消失了。具体原因不明。一说胜山收到了母亲的讣告，为了告慰母亲的在天之灵，踏上了巡礼之路。

双璧的另一位万治高尾是新吉原时代的大明星。

"高尾"是吉原著名妓院三浦屋的最高级别花魁的名号，整个江户时代袭用此名号的花魁有10名左右。因此，通常在前面加上年号或某些特征，以"○○高尾"加以区别。比如万治高尾，是

古今名婦傳

万治高尾

梅素亭玄魚記

元吉原なる三浦四郎左ヱ門が家の名妓二代の高尾なり下野國下塩原郷塩釜村の產にて父を長助といふ高尾万治三年庚子十二月廿五日江戸にて没を彼古郷のあまさのの紀念を送らんとの念も皆失ひて今は蘆ならうぐひすのねぐも伊勢流もぐのすさび高尾が自筆の源氏のを殘きうこれ彼在世のと形見の之眞の筆蹟なるうぐひすと彼が俤を今ぞみるよりのこりのどぞ以上京傳の奇蹟考山谷橋の南西方寺といふ墓あり辞世は

空風に音づれくるも
ふる紅葉かな

下谷
御成道
錢榮板

彫 横川竹二郎

冠了万治年号，而她的别名仙台高尾则是因为其引发的丑闻而得。

高尾的人生跌宕起伏。她出生于下野国盐原乡（今栃木县那须盐原），自幼失去双亲，寄居在亲戚家。后被一位温泉客人收为养女，最后又被卖给了新吉原。

被三浦屋收留后，她的才华才得以显露，十六七岁时袭名高尾，成为太夫。直至遇到了仙台藩的年轻藩主伊达纲宗，她的人生急转直下。

相传伊达纲宗酒品极差，对高尾纠缠不休，掷千金要为她赎身，却屡次遭拒。虽说作为花魁最高级别的太夫，有权拒绝客人，可对方是仙台藩62万石的藩主！颜面尽失的伊达纲宗拔刀相向（也有说将其吊于隅田川的船上？！），结束了她年仅19岁的生命。

仙台高尾与伊达纲宗的绯闻成了歌舞伎和浮世绘最好的题材。真相到底如何呢？

悲剧女主人公，这个词用来形容仙台高尾再合适不过了。寓意高尾山，所以和服上点缀着红叶的图案。

事情的原委不得而知，伊达纲宗以"品性不端"受到惩戒，21岁就开始隐居生活。可以肯定其中一定发生了一些事。藩主对花魁心生爱意，求而不得，一怒之下将其斩尽杀绝……这要是放到现在，绝对是让娱乐记者垂涎的大爆头条。

与江户超级女明星游玩，做好准备了吗?

像胜山、高尾这种太夫级别的花魁又被称作"倾城"。要想

求得倾城美人作陪，自然要花重金。随着吉原消费群体从高端的武士变成富裕的町人，对游女的要求也从高质量转变成了唾手可得最好。太夫称号也在宝历十一年（1761）被废除了。唯一不变的是，高位的花魁依然是高岭之花，难以企及。

据当时的旅行指南《吉原细见》记载，太夫以后的最高位是新造付呼出，出场费为金一两一分，相当于现在的 10 万日元。这个只是所谓的指名费。要想成为常客，与之共枕，还须去上三回。每回除了指名费，还有请艺人表演的热场费、餐饮费、乘坐游船或轿子的交通费等。好不容易迎来第三回，又要支付熟识费（给花魁的小费）和综花（给全体工作人员的小费），全部加起来基本就是一辆车的费用。

要是再碰上赏月日、赏花日等纹日[1]，费用还要再翻倍。所以要想经常去光顾的话，至少要准备好一套房的资金。

川柳有曰："怪诞奇闻！老母亲也为纹日操劳。""抓了一个贼，竟是自家儿。"意思是家里要是有一个沉迷于吉原的儿子，老母亲也跟着受苦。为了嫖资，有人甚至把手伸向了家人的口袋。因此，没有一定的经济实力和心理准备，最好不要去吉原。

---

1. 纹日：江户时代，在吉原有特殊节日的日子。

右图：樱花簇拥着的二楼阳台上，优雅地等待着客人的花魁。旁边是被称为"秃"的见习女孩。每当她们谈论起自己跟随的游女姐姐时，会故意把"我们的姐姐"发成与"花魁"同样的音，来代替游女的称呼。

左图：仔细看花魁手里拿着的给客人的信，信的最上面有一圈红色边叫天红，是用花魁自己的口红画的，目的是为了抓住男人的心。

可以见面的偶像时代到来了?!

如果你觉得歌舞伎演员和吉原花魁遥不可及，那么推荐你江户版"可以见面的偶像"——茶水屋的姑娘。

茶水屋是开在广场或者寺社门前的茶点铺，店里的姑娘很受欢迎。

这还得从一位名叫阿仙的姑娘说起。阿仙是谷中感应寺笠森

以朴素的素人感获得人气的笠森阿仙。相比之下，吉原花魁的装扮显得太过艳丽。

铃木春信画

稻荷茶水屋的姑娘。她淡妆素服，柳腰婀娜，动作麻利，被浮世绘画师铃木春信慧眼识中，自明和初年（1764）起成为其御用模特，掀起了空前的阿仙热潮。

浮世绘的模特一般是装扮奢华的名人，比如歌舞伎演员和吉原花魁，所以素人阿仙的出现显得格外新鲜和特别。这也印证了自吉原废除花魁名号后，大众的需求从遥不可及的大明星回归到了娇美可爱、触手可及的邻家姑娘。

只需花点茶水钱，就能见到她，跟她说上话，说不定还能握上手。这种恰到好处的距离感给人造成了一种错觉：说不定我也能和她交往？于是整个江户的阿仙粉丝蜂拥而至，阿仙双六[1]、阿仙手绢、阿仙人偶等周边商品也卖得热火朝天。

可就在人气绝顶的20岁，阿仙突然消失了。阿仙的粉丝圈顿时炸开了锅，店里的服务员就剩了一些老头儿，人们戏谑道："飞走的茶釜变身成了铁壶。"据说阿仙与幕府御庭番[2]仓地政之助秘密结婚了，算是值得庆贺的隐退。

似乎触手可及，却又无法得到，这就是所谓的"可以见面的偶像"。

阿仙隐退后，迎来了"可以见面的偶像"——茶水屋姑娘的"战国时代"。各个店铺为了招徕客人，纷纷推出自家的招牌姑娘。下页浮世绘中描绘的是宽政年间（1789—1801）人气最高的三大美人。

---

1. 双六：日本的一种棋类游戏。
2. 御庭番：江户幕府的官名。将军直属的密探。

當時三美人

> 三位人气偶像的半身照，有早年Candies组合的味道。日本的偶像文化说不定就是从这里开始的。

左边是高岛屋阿久，出生于两国一户富裕家庭，家里经营仙贝生意。她在自家茶水屋帮忙，是店里的招牌姑娘。她性格平和，身姿柔美，很快成为大众爱慕的对象，求婚者络绎不绝。在她快满20岁之际，家里从一户好人家为她招了上门女婿，她从此隐退江湖。

中间的那位是富本丰雏。原来是负责制造会场氛围的背景音乐担当，即幕后工作人员。后来被一位大名相中，纳为侧室，成功坐上了玉舆。

右边是人气最高的难波屋阿北。她是浅草寺二天门茶水屋的招牌姑娘。且不说貌美，待客周到又不失原则，碰到一些为了看自己而影响到营业的客人，她也会毫不客气地操起木勺泼水赶人。过了最好的年纪后，阿北不愿再露面，令粉丝大失所望。一说阿北与心仪的男子结为连理，过上了幸福的生活。

看来确实是似乎触手可及，终究又无法得到的佳人啊……

燃烧吧！相扑比赛

说到当时最受欢迎的运动，既不是足球、棒球，也不是网球，而是相扑！江户后期，随着比赛规则和形式的日趋完善，相扑成为与歌舞伎、吉原并驾齐驱的娱乐王道。当时相扑比赛的场地设在寺社内，以寺社劝进（筹集维修寺社的资金）的名义举办，并禁止女人入内。一年举办两场,每场持续10天。

因此,力士们一年只需干上20天,就能拿到可观的年薪。正如川柳所曰:"一年靠二十天过活的好男人。"

而将相扑人气推向顶峰的是谷风梶之助。此人体形圆胖,实力

超强，再加上性格率直，男女老少无人不爱。就在连胜将达到13场的天明二年（1782）春场所的第七日比赛中，谷风梶之助意外败给了当时幕下第三位的黑马小野川喜三郎。小野川个头小，腰腿却很柔软，属于擅长打心理战的技巧派。这个出人意料的比赛结果让

两国回向院相扑比赛现场。人、人、人！（笑）可见其人气。

看客们疯狂，此后，两人的巅峰对决成为整个江户瞩目的焦点。

将军观战之际，两人获相扑元祖吉田家的允许，腰间系一根稻草绳——"横纲"上场。这就是现在横纲制度的起源。

谷风对峙小野川的时代后不久，相扑界又出现了另外一颗星——雷电为卫门。此人身高1.97米，体重169公斤，这在男性平均身高1.57米、体重50公斤的当时，简直就是一位"进击的巨人"。

虽然没有获得横纲的机会，但他创造了前所未有的纪录，254胜10败，胜率为96.2%，是古今无双的怪物力士。

相扑界还有一位怪童，名叫大童山文五郎，常常出现在写乐[1]

---

1. 写乐：东洲斋写乐，江户中期的浮世绘师。

左边是王道谷风，右边是技巧派小野川。两人性格迥异。

以可爱征服看客的大童山文五郎,丑萌丑萌的。

的画里。他 8 岁（虚岁）初登相扑舞台时就有 1.2 米高，71 公斤重，腰围 1.2 米粗。他不参加比赛，只在相扑入场仪式中亮相，相当于吉祥物一般的存在。

就在这些个性鲜明的力士选手的助力下，江户的相扑界迎来了黄金时代。

跃动之美——消防小哥们的风流

俗话说，"江户有两大景，火灾和打架"。

一听到火灾，消防员们心无旁骛地奔赴现场，冒着生命危险

本町を丁目　中紅町　瀬田三丁目
日二丁目　伊勢町　日三丁目
日三丁目　瀬戸物町　日四丁目
日四丁目　伊勢町浜の方　岩附町
室町を丁目　新三河島　今吹町
月二丁目　浅草寄　市川町
月三丁目　茅町一丁目　弟　町
小田原町一丁目　日妻河岸　元日本町
月二丁目　村あと町　青物町
月武丁目　小鍋町　骨張町
安針町　張の町　家我町一丁目
月二丁目　長坂町　西河岸町
長澤町一丁目　通を丁目
月武丁目　本銀町二丁目

江戸の花子供遊ひ

灭火救灾的飒爽英姿和极具观赏性的救灾场面，受到人们热烈的追捧。

救灾现场会立着一种醒目的标记——"缠"。它是马标的一种，起初用来标记战场上大将所在的位置。到了太平盛世，"缠"就成了火灾现场消防指挥点的标记。

町的消防任务由町消防承担。町消防的"缠"各具特色，木棍的一头绑着一圈叫马帘的布条，上面再安上各个组的装饰。装饰的边长一般60厘米左右。上页图中是江户日本桥区域1号组"伊组"的"缠"，由○形的罂粟果实和□形的米升组成，发音与"熄灭"相同。真是在哪儿都不忘玩谐音梗！

火灾现场有了"缠"，就能清楚地知道哪一组率先赶到，由哪一组负责现场指挥。举缠人冒着烟雾冲在前面，挥舞缠棒，鼓舞士气，是名副其实的应援团团长。

"生于芝，长于神田，今为举缠人"，这几句应援歌虽说歌唱的是江户人的英勇无畏，怎么还听出了几分快活？江户城区木造建筑密集，火灾频繁，没有点戏谑精神，恐怕难当此任。

消防的基本方针是破坏性灭火，即破坏火源附近或风口的建筑，防止火势蔓延。消防队长一声令下，鸢人就开始噼里啪啦拆房子，男人的粗犷尽显无遗。女人们纷纷投去火热的目光。

而真正体现他们男子气概的是那一身的文身。以背部为中心，

有那挥缠的闲工夫还不如去救火？你可不能这么吐槽，这才像江户人会干的事！

蔓延至全身，只留脸和手脚，相当于文了一身衣服。这种文身在驾人、抬轿人、飞脚[1]等皮肤暴露较多的行业中极为流行。

当时，服装的颜色、纹样受到限制，而文一身像锦绘一样色彩艳丽的图案却无妨。在柔软的大腿或上臂刺青是很疼的，可是疼痛也无法阻挡他们勇敢追求帅气的心。

当他们啪一下露出上半身时，华丽的刺青与健美的肌肉一齐

---

1. 飞脚：日本旧时以传送信件、金银、小货物等为职业的人。

江户后期发生了一起町消防"女组"与相扑力士斗殴事件,引起整个江户的关注,后以《女组斗殴》之名被搬上戏曲的舞台。

跃动,男性的荷尔蒙气息迎面扑来。呜呼,好帅……

在江户,热门职业的前三位分别是町奉行的与力、同心,力士,消防队长,俗称"江户三男"。

歌川派繁荣之兆

宽政改革之后，出台了禁止在浮世绘上写女性的名字、禁止绘制花魁歌舞伎演员的半身照或大头照、禁止画春画等诸多禁令。表面上是为了整顿风俗，实则是打击势头正旺的艺能界及出版业界。

此后，当局采取措施压制一切批判政权的声音，德川家康入府以后的武士禁止绘写名字和家纹。除地名、和歌外，浮世绘上禁止写任何文字，从根源上切断了百姓的信息来源。

在这种形势下，在家反省中的歌川丰国提出一个口号：『出版业界始终站在百姓这一边！』

由于表达自由受限，出版界受到重创，但丰国没有放弃，积极探索表达的可能性。在他的带领下，歌川派越来越壮大。

浮世绘画师的本分

江户时代初期的吉原，门槛非常高。

"不好意思，武士以外的人请回！"

为建设都城挥洒汗水的体力劳动者们为此闷闷不乐。

"江户女人好少啊～"
"好想去吉原玩啊～"
"奈何没有时间也没有钱。"

在这种情形下，为他们两肋插刀的大人物出现了。

"是时候该二次元出场了！"
"加油！"

那就是元祖浮世绘师，菱川师宣。

菱川先生最新作品，以吉原为舞台。

版画所以便宜，也不占地方，比实物更精美，成为话题。

用浮世绘描绘吉原世界，制作成版画出版，满足了男人们的需求。

永远都是百姓的朋友

大江户速报（四）

文化元年皋月号

震惊！大量浮世绘画师被逮捕

文化元年（1804）五月，描绘太阁记物（以丰臣秀吉为主角的作品）的浮世绘画师全部被逮捕。歌颂丰臣的作品被认定为贬低德川，即批判幕政的出版物。

以画花魁而闻名的喜多川歌麿（年龄不详）、以画歌舞伎演员而闻名的歌川丰国（36岁）等数位画师被处以戴手铐50天的刑罚，震惊了整个业界。

迄今为止，因违反出版管理条令而被处罚的剧作家不是没有，但是波及浮世绘画师还是首次。作为业界带头人的歌麿憔悴不堪，表示想就此隐退。

只要触及丰臣秀吉就被定性为批判政权？！幕府的反应太过激了。

役者

江户人图鉴 ④

Edo jin dicture book

江户的大明星——歌舞伎演员。私生活也备受瞩目,外出时会变装,不过这样反而更醒目。

❶ 变装的基本——头巾。初代泽村宗十郎发明的宗十郎头巾最适合遮脸防寒!

❷ 烟袋是基本的时尚单品。挂在腰间,或是充当活跃舞台气氛的小道具。

❸ 长裙摆。高木屐,显腿长。

Data

活动范围/芝居町。

活动时间/白天活跃在舞台,晚上接待熟客。

爱好/受人瞩目,把自己画得很美的浮世绘。

备注/身边女性不断。要与之结为夫妻的话,要认清自己是否具备梨园之妻的资质。

第五章 发达的饮食文化

欢迎来到外食王国！

在上一章提到，江户初期，江户男女比例呈现男多女少的情况，直到幕末才趋于平稳。可以说女性人口不足问题贯穿了整个江户时代。

据江户中期享保六年（1721）十一月的统计，江户町区人口为501394人，其中女性178109人（35.5%），男性323285人（64.5%），加上寺社人口和武家人口约50万人，构成了江户总人口。虽然对寺社和武家人口没有确切的统计数据，不过寺社周边住户以男性为主，武家人口也绝大部分是各藩单身赴任的男性，因此可以推断寺社和武家的男性比例只会比町区人口更高。

没有女人，吃饭就成了问题。

缺少现代化家电，光蒸米饭就已经很费事了，更不用说做一家子的饭了。寺社和武家还能配个专门做饭的人，普通人家可就没这么轻松了。

生活在长屋的百姓，要想吃上口热乎饭，男主外女主内的分工必不可少。可现实太过残酷。都都逸[1]有曰：

---

[1] 都都逸：一种俗曲，由七、七、七、五格律组成。主要歌唱男女爱情。

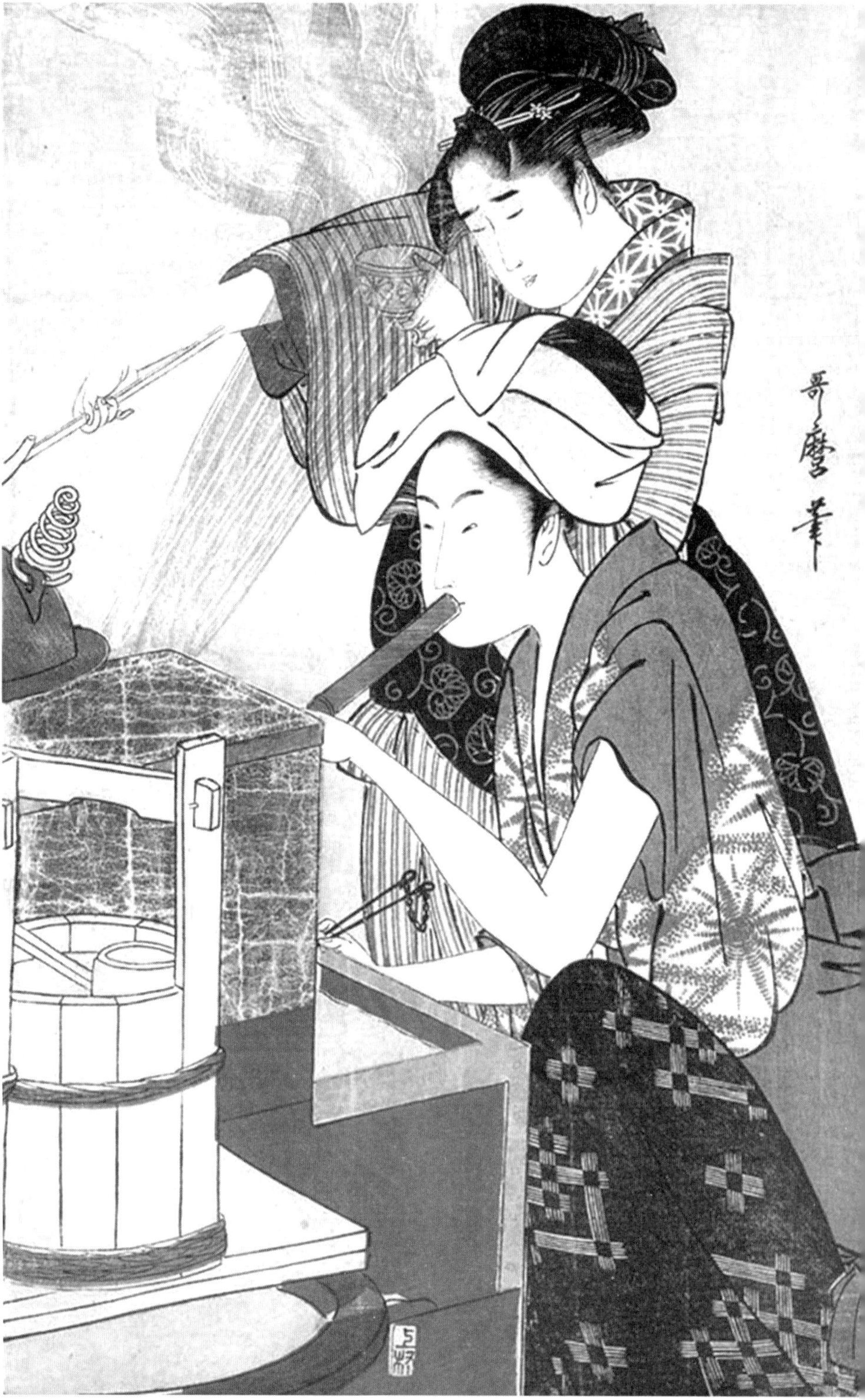
哥麿筆

豆腐是熟食店的人气食材。特别是木棉豆腐抹上味噌煎出来的田乐豆腐很受欢迎。

「先浸泡，然后大火烧开，最后焖」（蒸米饭），对于早上忙碌的单身男人来说是不现实的。因此，必须合理利用行商、路边摊、外食，高效解决吃饭问题。

"九尺二间，红唇吹火竹。"

（在九尺二间的背街长屋里，涂着口红的妻子，吹着竹火管，准备一家人的饭菜。这画面太令人嫉妒了吧！）

那就自力更生吧！问题是就一个人吃还得准备上一大堆柴米油盐酱醋，费时费力不划算。

在这种状况下，江户外食行业诞生了。其转折点便是明历大火。

在幕府的主导下，废墟中的江户城下町以惊人的速度得以重建。大量土木工匠（很多都是只身从地方来江户的单身男性）挥汗在复兴第一线。为了扛过残酷的体力劳动，中途休息时想吃点饭补充体力，于是，江户城里涌现出了很多煮卖屋。煮卖屋类似于快餐店，通常提供煮菜、熟食、饭团子一类的简单饭菜以及茶酒。

煮卖屋的出现具有划时代的意义。它让老百姓的吃饭变成一件很方便的事。而在那之前，人们吃饭基本都在家里解决，外食

149

只有在旅游等特殊情况下才会发生。

不过煮卖屋的大量出现也引发了另外一个问题,那就是火灾频发。明历大火三年之后的万治三年(1660)正月起,短短三个月内就发生了105次火灾。

为此,幕府多次下令,禁止煮卖屋夜间营业。多次下令也就意味着多次被破坏。烧了大不了再建一个,煮卖屋的老板们表现出了不屈不挠的精神。

料理茶屋是在复兴中诞生的另一餐饮业。第一家店位于浅草寺的并木町。店里提供套餐,相当于现在的定食屋。一碗用米、大豆加茶水煮的米饭,配上豆腐汤、煮菜和一小碟咸菜。这种形居酒屋挂酒林（由供奉酿酒之神大物主的三轮神社的神木——杉树的枝叶制作而成，也称为杉玉）是当时的习惯。到了幕末，也开始挂绳门帘。

式的午餐店，在同时期的其他国家也极其少见。

有意思的是，午餐正是在明历大火后，伴随着外食行业的发展逐步形成的饮食习惯。在那之前，江户百姓基本一日两餐。午餐店的兴起，才使一日三餐成为常态。

正所谓，填不饱肚子，谈何复兴？

"江户喝穷"和丰富的路边摊

到了江户中期，又诞生了居酒屋。江户原本就有酒馆，人们可以买上几两小酒，在店里小酌。元文元年（1736），镰仓河岸一家名为丰鸟屋的酒馆在店铺一角支上烧烤架，顺便卖起了烤酱油豆腐串，于是开了酒搭配下酒菜的先河。后来，烧烤角从酒馆独立出来，变成了居酒屋，成为主流。

当时的居酒屋从一大早就开始营业，大白天的就能看见满大街的醉汉，口角冲突不断。第五代将军德川纲吉出台过禁酒令，却不了了之。很快，继"京都穿穷，大坂吃穷"之后，又多了一个"江户喝穷"。至此，江户奠定了"喝兵卫之町"的地位。

除了居酒屋外，江户还有更简易的路边摊。

在人流量大的地方，路边摊多为可移动式的。客人以男性为主，也能看见孩子、武士抽空出来吃点东西垫垫肚子的身影。

路边摊很便宜，比如"四文屋"的熟食均为四文。一文相当于现在的20~25日元，类似于现在的百元店。

下图的左方还能看到"天妇罗"的字样。其实，现在日本料理中的很多高级菜品都发源于江户时代的路边摊。

关于"天妇罗"的一些小事

天妇罗诞生于江户中期。

可能很多人会有疑问，德川家康不是因为过度食用鲷鱼天妇

罗而死的吗？天妇罗不是应该更早就有了吗？其实这是一个误解。

记述德川将军生平的史料《德川实纪》记载："元和二年（1616）正月二十一日，家康于骏河鹰猎，京都富豪茶屋四郎次郎[1]前来会面。家康问：'上方近来流行何物？'答：'鲷以香榧油炸之，蘸蒜泥食用，甚是美味。'便命人制作这道菜品。"文中并没有出现过度食用鲷鱼天妇罗的字样。

家康吃的应该不是天妇罗，而是炸的整条鲷鱼或者炸鲷鱼肉，因为当时的上方很流行这种做法。

那日晚上，家康开始腹痛，身体状况急转直下，三个月后的

---

1. 茶屋四郎次郎：安土桃山时代至江户时代经营和服起家的京都豪商。

四月十七日一命呜呼。关于家康的死因，众说纷纭，慢慢地鲷鱼天妇罗过度食用致死一说便流传开来。

这个事件似乎给大众留下了家康饮食无度的印象，其实他非常注重健康，日常饮食以粗茶淡饭为主，基本就是米饭味噌搭配鱼和时蔬。

据史料记载，这种被记作"天珀拉""天妇拉里""天妇罗"的料理在日本的战国时代就有，多在为政者的食谱中出现。关于其词源，众说纷纭。一说来源于葡萄牙语的 tempero（制作料理之意），也有人说因为是不使用肉类的素食料理，从寺院 templo 一词演变而来。具体是何种料理，不得而知。也有可能是对当时日本不常见的油炸类西式料理的统称。可以肯定的一点是，它不是普通老百姓吃的菜品，与如今的天妇罗相去甚远。

江户中期以后，随着榨油技术的飞速发展，食用油产量大幅提高，天妇罗得以成为路边摊上的"常客"。

据史料《北越雪谱》记载，天妇罗是山东京传命名的。此人是江户多栖文化人，兼浮世绘画师、通俗作家与商人等多种身份于一身。

天明元年（1781），京传家附近来了一对从大坂私奔而来的恋人。男的名叫利助，颇具大坂人风范，说话风趣，人又机灵，深受京传照顾。一日，利助前来和京传商量："我看在江户，大家喜欢炸芝麻裹蔬菜。在我们大坂，炸鱼就很受欢迎，我还没发现哪个路边摊有卖这个的，我想试一试。问题是招牌上光写个'炸

小纹款式集的封面，由山东京传所画。北尾政演是京传的画号。即京传包揽了设计和作图。里面还有自画像，自我存在感很强（笑）。

155

芝麻裹鱼'，有点不够意思，所以想请您帮我出出主意。"

京传听完，缓缓提笔写下"天妇罗"三个字。利助不明所以，京传解释道："如今你是天竺浪人（对居无定所的无职业者的委婉表达），扑棱一下来到了江户：天扑棱。妇是小麦粉，罗是薄和服，食材用小麦粉包裹住，不就与穿着简陋的薄和服一样吗？（笑）"

利助一听，大喜过望，赶忙支起"天妇罗"招牌。没想到生意火爆，不到一个月天妇罗摊铺便如雨后春笋般涌现。

不过，对于元祖○○向来都会有争议。江户时代就有人质疑："在京传命名的天明元年之前，就有天妇罗一词！"《北越雪谱》则认为京传命名说可信度较高，同时也介绍了其他说法。的确，

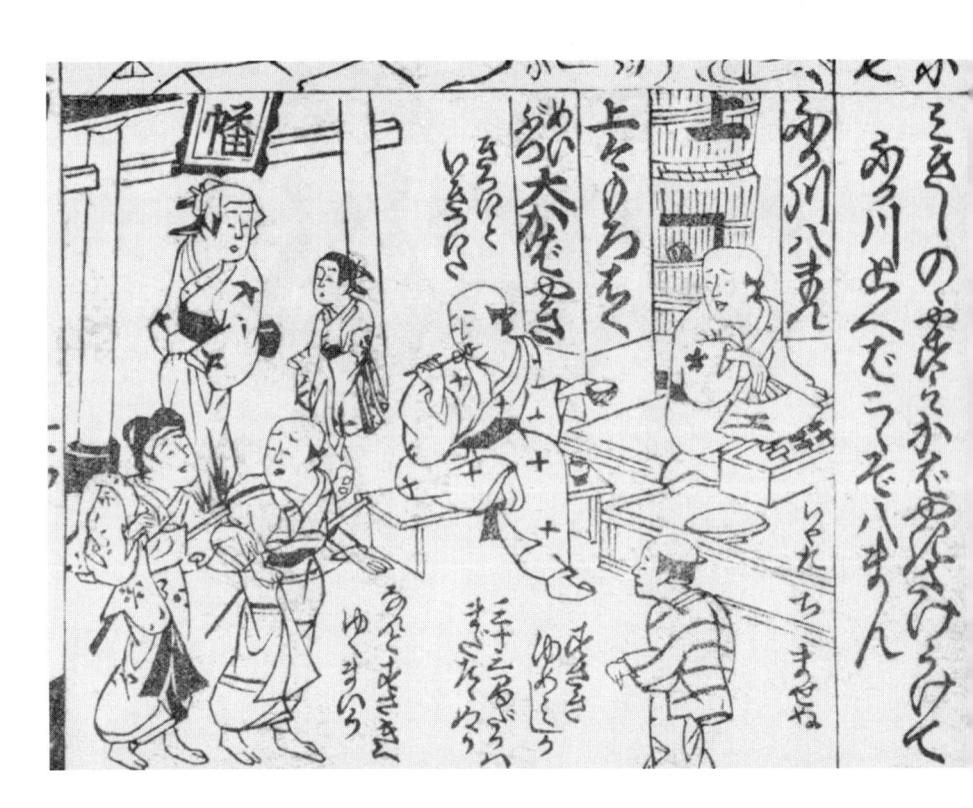

天明元年上演的净琉璃作品中，就出现了带有"天妇罗"的台词，据此可以推断天妇罗在更早的安永年间（1772—1781）就已经在江户普及。只是因为京传的故事最吸引人，所以被当作定说流传罢了。

不久后，除了传统的炸芝麻裹蔬菜，白鱼、星鳗、虾、扇贝、鱿鱼等各种鱼肉（蔬菜的话不叫天妇罗，只叫油炸物）也被裹上一层小麦粉，放入芝麻油里炸，穿成串在街边摊中出现。一串4文，类似于现在便利店的熟食区。

江户流种种

除了天妇罗外，当时江户的名菜里还有蒲烧鳗鱼。隅田川、神田川以及町内的河渠里有非常适合鳗鱼生长的清水和淤泥，大量鳗鱼在这里栖息繁衍。

鳗鱼高蛋白、高热量，可以强身壮体，是体力劳动者的最佳补品，江户初期就出现在路边摊上。料理手法相当原始，不做任何处理，直接剁成几块，穿上签子烤。因形状像香蒲穗而得名。

后来京都出现了一种划时代的料理手法，先将鳗鱼从腹部剖

描绘江户初期的深川八幡宫的名所绘。上面竟然有"名物大蒲烧"的字样！这个路边摊确实相当简陋。

《北斋漫画》中的"鳗登"图。看起来不好抓(笑)。

开,剔除鱼刺后,蘸上酱汁炭烤。这种料理手法传入江户后,深受欢迎,很快衍生出了独具江户特色的烹饪手法。比如用关东风味的浓口酱油和味醂[1],调制成咸甜口味;在料理过程中加入"蒸"的步骤,让鱼肉变得更松软;从腹部切开(容易使人联想到切腹)不吉利,转为从背部切开。经过这些改进,蒲烧鳗鱼成为代表江户料理特色的人气菜品。

不过,现在提到江户流,恐怕更能联想到握寿司[2]。江户前海(深川洲崎至品川一带)本就是海鲜的宝库,能提供各种新鲜的食材。有意思的是,握寿司诞生于江户后期的文化文政时期(1804—1830),比天妇罗和蒲烧鳗鱼都要晚。

握寿司出现以前,"寿司"在人们心目中是一种可长期储存的食物,被称为"熟寿司"。它是一种将盐渍食材与米饭混在一起发酵而成的鱼肉腌制品。因为可以远距离运输,所以多作为贡

---

1. 味醂:一种类似于米酒的调味料。
2. 握寿司:寿司的种类以制作方式来分,可分为"握寿司""卷寿司""押寿司"以及"散寿司"。其中,将醋饭与生鱼片、海鲜或其他材料一起用手捏塑而成的寿司就叫握寿司。

品或答谢品,又被称为吉日料理。

室町时代通过缩短腌制时间,制作出了"生熟寿司",食材种类也更加丰富。到了江户初期,醋的加入使得腌制时间变得更短,诞生了"早寿司"。制作过程的简便化使"早寿司"成为百姓餐桌上的常客。

"早寿司"是押寿司,将醋饭装进盒子里压实,在上面铺上鱼肉贝类,盖上盖子,压上腌菜石,放置数小时至数日制成。在上方,这种押寿司一直很有人气,但是在单身男人之都的江户,事情变得有些不一样了。

押寿司一盒48文(1000日元左右),不能算便宜。在宴会上,或是带回家与家人一同享用还可以,作为单身男人充饥的食物的

握寿司诞生前的押寿司摊。最右边站了一个外卖小哥。在吉原,鲹鱼和小鳍鱼很受欢迎,经常能看见吆喝着"卖鲹鱼寿司、小鳍鱼寿司——"的小商贩。

话，这个量和价格就有些不合适。有的路边摊也会切块卖，一块4文，但是急躁的江户人的真实想法是："能不能保存都无所谓，也不追求量多，只要快捷、便宜、美味就行！"

于是握寿司应运而生。有握寿司记载的最早的文献是文政十二年（1829）的《柳多留》，书中有川柳曰："以妖术之身，捏寿司米饭。"即左手握住一撮米饭，用右手的两根指头捏压。这个新奇的动作被冠以妖术之名。看来，捏寿司的动作与现在并无两样。

醋饭一捏，食材往上一放，一个握寿司就完成了。这种速度感牢牢地抓住了江户人的心，很快握寿司在江户流行开来。

拳头大小的量，一个8文（160～200日元）的实惠价格，为了防止变质，加醋腌渍过的重口味的米饭和食材等都是加分项。食材除了鸡蛋、海苔卷外，还有星鳗、白鱼等江户前海能捕获的各种海鲜。肥腻的金枪鱼在当时并不受欢迎，天保三年（1832）金枪鱼大丰收，店家便将金枪鱼腌渍后贩卖，"竟然很美味"，

右边的建筑是当时的鳗鱼名店森山。带庭园的二层建筑，坐在优雅的包间，俯瞰盛产鳗鱼的神田川和象征江户高科技的神田上水管道。品尝时鲜……有一种天尽在我手的感觉。

上面写着江户用山白竹叶、京坂用叶兰垫在寿司底部。山白竹叶具有防腐作用，人们还开发出了用山白竹叶把米饭和鱼肉卷起来的竹叶卷寿司。

便作为一般寿司食材固定了下来。

《江户自慢》有云："寿司当以握，无押。调味好。非上方所能及。"江户流的握寿司在幕末的江户确立了路边摊小吃霸主的地位。

在路边摊就能吃到鳗鱼和握寿司，确实让人羡慕。

向高级化路线转变

在群雄割据的江户路边摊小吃中，天妇罗、蒲烧鳗鱼和寿司凭借便捷的优势站稳脚跟后，开始出现了向高级化路线转变的趋势。

江户后期，町人中出现了富裕的资产阶层，开始追求菜品的奢华。比如天妇罗，面衣里加入荞麦粉，打入大量的蛋黄，放进山茶花油中炸，美其名曰金妇罗。这种天妇罗与路边摊上的有着天壤之别，作为宴请宾客的高级料理，受到热烈追捧。

还出现了能够摆上席面的鳗鱼盖饭。关于鳗鱼盖饭的由来，还得从歌舞伎名门中村座的一位赞助商大久保今助说起。一次，他回水户老家，在牛久沼渡口等待渡船，突然想吃鳗鱼，于是点了一份蒲烧鳗鱼和米饭。等餐送过来时，船正好要开。情急之下他便把蒲烧鳗鱼倒扣在了米饭上，匆匆上了船。

10分钟后，船到了对岸，他准备开吃……意外的事情发生了！

鳗鱼经米饭的热气一焖，变得更松软，而米饭饱浸了蒲烧的酱汁，两者相得益彰，成就了无与伦比的美味！

之后，今助把鳗鱼盖饭推广到了芝居町，旋即风靡了整个江户。价格也从原先的一份64

《缟揃女弁庆安宅松》小家伙也想吃，应该知道有好吃的了吧？

文（1280～1600日元）一路飙升至幕末的200文（4000～5000日元）！鳗鱼盖饭通常会附带一双一次性筷子，表示"这是双干净的筷子，您是第一位使用它的主人"。

握寿司的元祖店后来成了高级店。被认定为元祖店的有两家，一家是两国的华屋与兵卫，另一家是本所安宅的堺屋松五郎（松鮨），不过很多史料推举的是后者。松鮨的握寿司只是贵。比如，五寸大小的寿司盒上下两层卖3两（24万日元），一个寿司250文（5000～6250日元）。路边摊一个不过8文的寿司，为何能卖到如此高价呢？

松鮨附近的向岛建有一处中野硕翁的别墅。中野硕翁是第十一代将军德川家齐的侧室美代的养父。此人拥有强大的权力，喜好奢华，虽不嗜酒，但好美食。

身边人投其所好，纷纷进献江户美食。于是，占据地理优

留下无数传说的料亭——八百善的宴客间。武士们脱下袴，放松身心。

163

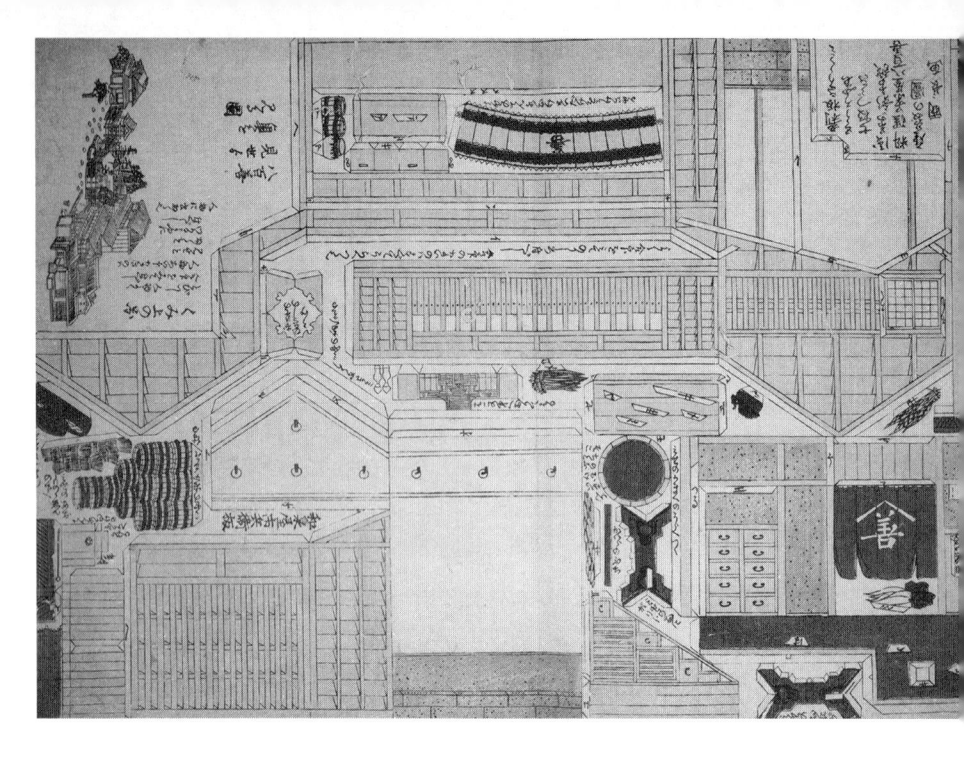

势的松鲊成为贿赂的首选，逐渐品牌化。松鲊的宴席和作为伴手礼的便当更是奢侈的象征，被画进很多浮世绘里。现代日本料理的原型渐露端倪。

高级的料理茶屋，即现在的料亭也应运而生。

其中以浅草山谷的八百善最为高级。相传，"腌萝卜丝一口3分（6万日元）"，"茶泡饭一碗1两2分（10万日元）"。简直就是抢钱！这要放到现在肯定炸开锅了。有意思的是，当时史料里却不见有任何恶评的记载。相反，人们似乎心服口服："一流的食材，再加上一流的服务，才有了这个价格。真不愧是八百善！"

其实，江户人向来把饮食当作娱乐文化来享受。

比如，八百善的第四代传人栗山善四郎邀请文化界名人编写了一部名为《江户流行料理通》的料理著作。此书由大田南畝、龟田鹏斋撰写,葛饰北斋、谷文晁绘制插画,丰厚的人文底蕴和视觉化的呈现使此书经久不衰。

除了有很多描绘八百善的浮世绘外,还有如左图所示的八百善纸模。纸模一共有七张,可以拼成完整的八百善模型,相当酷炫。

大酒量王与大胃王

八百善鼎盛时期的文化文政时期(1804—1830)也是江户町人文化的繁荣期。日本料理的基本调味料——糖、盐、醋、酱油、味噌实现了量产,饮食文化步入黄金时代。

文化十二年(1815)十月二十一日,千住宿举办了大酒量王争夺战。这就是著名的千住酒合战。

争夺战是为了庆祝飞脚宿中屋六卫门(人称中六)的六十大寿而举办的,会场设在中六的隐居之所,吸引了100多名酒豪前来应战。

会场入口贴有"恶客、下户、理屈不得入庵门(谢绝蛮不讲理的人入内)"的告示。进去之后,从六款酒杯中任选一款喜欢的,然后就不停地喝,看谁能喝到最后。

席间还准备了乌鱼子、花盐、梅干、蟹、清汤鲤鱼块、牡丹饼等豪华菜肴。中途可以喝酒以外的饮料、醋、酱油和水。比赛结果相当惊人。千住宿当地居民松勘以9酒升1合（16.4L）的战绩拔得头筹，下野小山的佐兵卫以7酒升5合（13.4L）、会津浪人河田某以6酒升2合（11.2L）分别位居二、三。

当中也不乏女性参赛者。千住宿的菊屋阿住喝了2酒升5合（4.5L），打酒女阿行和阿住连着喝了一天。

有意思的是著名文化人龟田鹏斋、谷文晁作为裁判也参与了这场对决。大田南畝也作为观战者写下了《后水鸟记》，向世人展示活动当天的情形。

据说，这场醉生梦死的比赛正是他们几位与千住宿的执政者共同策划举办的。正是这些识时务的男人们，孕育出了有趣的江

由于数字太过惊人，以至于有人怀疑是不是酒里兑水了，即便这样，也相当厉害了。这些是不会出现在教科书里的趣事（笑）。

户时代町人文化。

千住酒合战在江户掀起了巨大热潮，第二年公布了排名，宣称年内要再次一决高下。后来不知何故，不了了之。

取而代之的是两年以后的文化十四年（1817）三月二十三日举办的大胃王比赛。会场设在柳桥的料理茶屋万八楼。万八楼临隅田川而建，靠近江户城中心，地理位置优越。这次比赛，除了酒量的比拼外，还设了主食、甜食等五大组。各组的优胜者如下：

零食组……伊势屋清兵卫（八丁堀在住·65岁）馒头30个+莺饼[1]80个+松风煎饼30张+腌萝卜5根
蒲烧组……冈田千岁（浅草在住·?岁）鳗鱼1两2分（折合为10万日元）份+米饭7碗
酒组……鲤屋利平卫（芝在住·38岁）3酒升的杯子×65杯=19.5酒升（35.1L）
米饭组……方屋伊之助（骏河町在住·21岁）68碗
荞麦组……山口屋太兵卫（池之端在住·32岁）63张

要放到现在，就凭这些惊人的成绩，绝对会受到电视台的"大胃王争霸赛"节目组邀请。因为数字实在太过荒唐，"这样的记录，假的吧！""没有没有，有人亲眼所见"，有人质疑也有人相信。

---

1. 莺饼：一种撒上青豆粉的豆馅儿糕点。

不管怎样，我们可以从中感受到当时人们享受美食的快乐。

天下太平，真好！

要注意"江户病"

尽管江户外食产业发达，但对普通老百姓来说，餐餐外食也是一笔不小的开支。所以，人们就依靠行商（挑着担子沿街叫卖的小商贩）来满足一日三餐所需。一早起来先蒸上一天的米饭，到饭点了就在过来吆喝的小商贩那里买上点菜。

鱼、蔬菜、熟食应有尽有，还有早餐必不可少的纳豆汁。切碎的纳豆里面放上豆腐、蔬菜等食材，撒点调料，浇上开水即做

竟然连即席汤也有，江户太厉害了！要是现在也有这样的小商贩就好了。

好了纳豆汁。一碗 8 文（160 日元），方便又实惠。如果觉得欠一点的话，还可以在熟食铺或路边摊买上点小菜，也算不错的一餐了。

江户百姓的饮食生活虽然很便捷，但也存在一个问题，那就是米饭的过度摄入。

大米在日本历史进程中具有特殊意义。除了作为主食外，也是年贡租税征收的对象。江户时代，幕府采取了作为封建社会体制根基的石高制，大米的标准收获量被赋予了重要意义。武士的俸禄基本以"〇石""〇俵"大米来发放。大米被赋予了至高无上的地位。

在农村，三餐主食基本都是杂粮米饭，偶尔有吃白米饭的，也是没有经过精加工的玄米。

江户就不一样了。因为每年都有大量的贡米进入江户，所以大米供应十分充足，餐餐都能美美地吃上白米饭，江户人引以为豪。

从下页图片中可以看到，一名男子正在吃饭，一个汤碗，一小碟腌菜，一盘主菜，旁边还放了一个大饭桶。当时成年男子一天吃 5 合左右的米饭，可以推断图中这应该是一人份的量。

这种极端依赖白米的饮食习惯极易引发脚气。脚气是由于缺乏维生素 B_1 引起的疾病。症状为手脚麻木，全身倦怠，严重的话会引发心律不齐而死亡。

玄米富含维生素 B_1，而经过精加工就失去了这部分营养元素。

起初常见于武士阶层的脚气，后来随着白米的普及，也开始在百姓中蔓延，到了享保时期、文化文政时期，大肆流行。当时

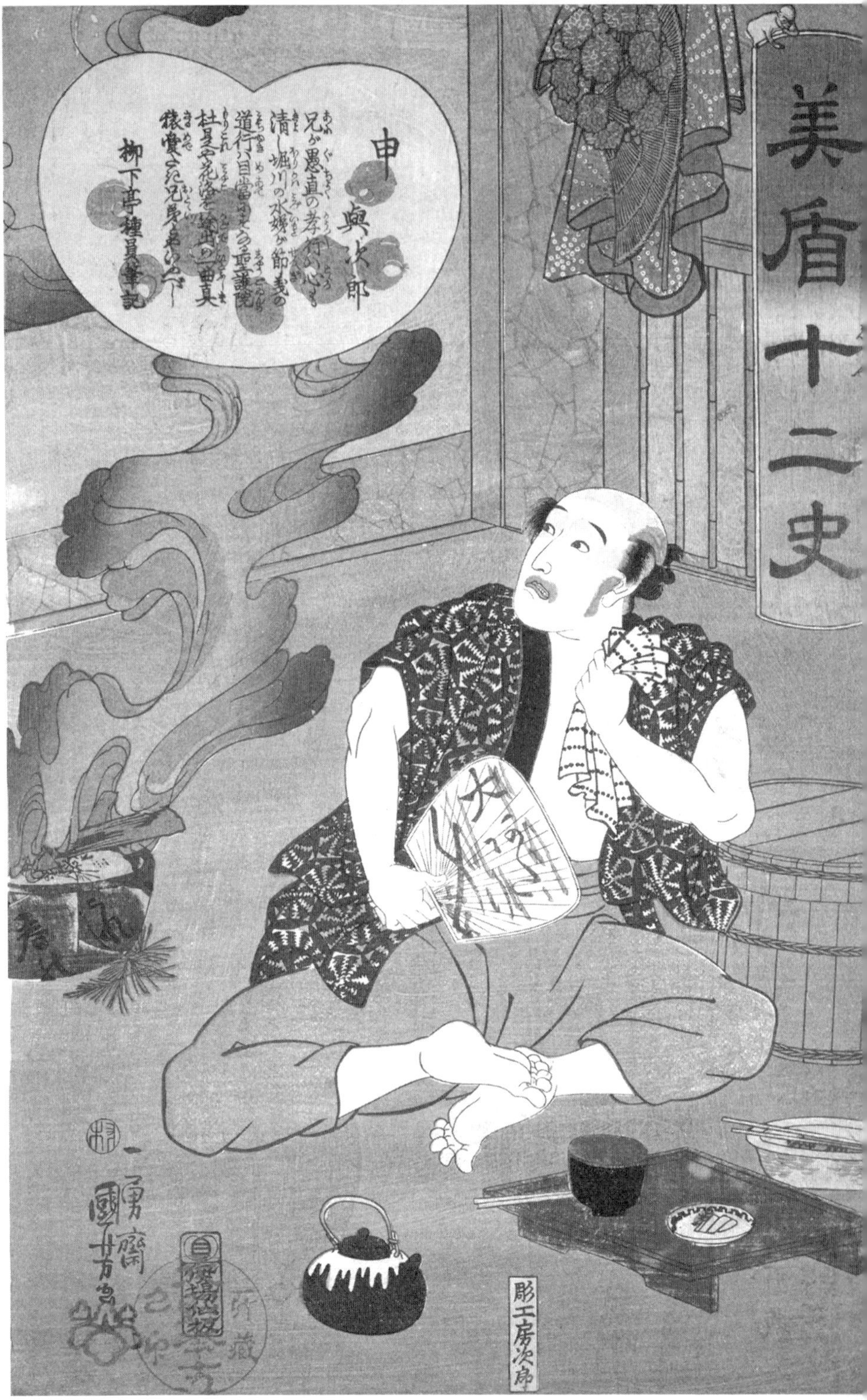
美盾十二史
申 與次郎
柳下亭種員筆記
彫工房次郎

没有"脚气"一词，发病原因也没人知道，只知道在江户待久了就会得这种病，人称"江户病"，人人惧之。

江户的灵魂食物——荞麦

荞麦在预防脚气方面功不可没。

江户人似乎给人一种一年到头天天吃荞麦面的印象，其实在江户中后期之前，江户人与关西人一样，面食以乌冬面为主。不知是何原因，到了江户后期，荞麦面的需求突然暴涨，人气超过了乌冬面。据记载，幕末的江户荞麦面店就达3763家。推算下来，一个町（约100米见方）至少有一家荞麦面店。再算上路边摊的话，数量更加庞大，达到成年男子平均每天一顿荞麦面的程度。

那么，荞麦面为何在江户如此流行呢？调味料的日益丰富，制作方法的确立，以及荞麦面本身品质的提高，都是其中的原因。除此以外，也有学说认为，这是迫于预防脚气的需要。

荞麦面、荞麦汤里面富含维生素B_1，即使一日只吃上一顿荞麦面，也具有明显的预防脚气的效果。当然，当时的人们没有这种科学知识，只是基于"吃荞麦面，感觉舒服一些"的经验，才经常吃荞麦面。

京坂习惯中午蒸上一天吃的饭，而江户习惯早上蒸。无法保温，变成冷饭的话就做成茶泡饭吃。

当时，荞麦面种类丰富，除了霰[1]、天妇罗、花卷[2]、卓袱[3]、鸡蛋、鸭南蛮、柏南蛮、阿龟荞麦、萝卜泥荞麦等常见的几种外，还有三色荞麦、无色荞麦等新式品种，几乎跟现在的荞麦面店一样。

我个人认为，荞麦面的流行跟适合外卖有关。本页的画描绘的是一家名为"福山"的荞麦面名店，该店在歌舞伎《助六由缘江户樱》中也出现过。画中人挑着装外卖的大箱子，可见江户的荞麦店外卖服务很发达。江户歌舞伎行业中有一个规矩，说错一次

1. 霰：日本的一种米饼。
2. 花卷：撒上碎海苔的汤荞麦面。
3. 卓袱：什锦荞麦面。

芝居町的荞麦面店福山。歌舞伎演员说错台词，就会在这家店点外卖，请乐屋所有人吃。

江户的灵魂食物荞麦面！种类和价格几乎与现在一样，了不起！

台词就要请全员吃"嘴瓢荞麦",所以点外卖是家常便饭。店家也有月末请店员吃荞麦面的习俗,被称为"晦日荞麦"。如今快要消失的"乔迁荞麦"最初也是江户中期在长屋居民中开始流行的。对事事都爱讨个吉利的江户人来说,细长的荞麦面绝对是访亲宴友的首选佳品。

而路边摊的荞麦面作为夜宵也很受欢迎。特别是应急性子江户人的需求而诞生的"汤荞麦面"(不用一筷子一筷子地蘸汁吃,直接把汤汁浇到面上),制作简单,又不费碗碟,最适合小摊贩卖。一碗16文(320日元),价格也实惠。

寒冷冬夜，荞麦面摊边上，一群男客在吸溜着热气腾腾的面条……

❀

将军大人也是料理男子？！

江户后期出版的《日日德用俭约料理角力取组》一书将200多种菜肴分成鱼类和素食类，仿照相扑的排名方式，对其进行了节俭菜品大排名。鱼类大关是咸沙丁鱼串，关胁是扇贝干萝卜丝，

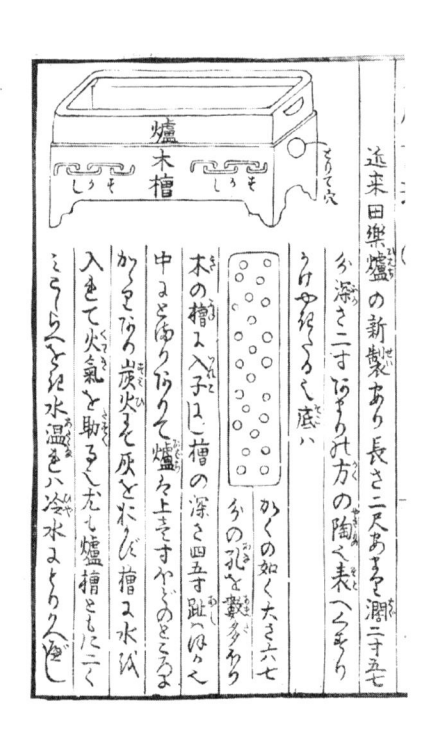

我按照《豆腐百珍》的食谱，试着做了一下。其中有很多无法还原的奇怪食谱。比起实践性，或许此书作者更注重阅读的趣味性。

174

小结是干煎白虾；素食类大关是清汤豆腐，关肋是昆布煮油炸豆腐，小结是金平牛蒡。

可以看出，各组排名前三的菜品中，以豆腐和萝卜料理居多。整个排名也呈现出这个倾向。

江户人向来喜欢白米、萝卜、豆腐这类白色食物。

萝卜料理种类繁多，有当地著名的练马萝卜，有干萝卜丝、米饭拌萝卜、腌萝卜、萝卜泥，等等，活跃在百姓的饭桌上。

京坂地区喜欢白嫩丝滑的绢豆腐，而江户人偏好硬硬的木棉豆腐。木棉豆腐虽然口感一般，但适合煎炸。一块50文（1000日元），大小是现在的五六倍，性价比很高。也可以要上四分之一块，一次能吃完的量，适合单身人士。

大坂出版的豆腐食谱《豆腐百珍》中，介绍了当时最新的料理工具，以及100多种豆腐烹饪方法，在喜欢豆腐料理的江户非常畅销。

在江户，喜欢料理的男子也不在少数。第十三代将军德川家定亲手炒豆子，做鸡蛋糕，分享给身边人，乐此不疲。在江户就没有"男人不该下厨房"这一说。

江户人为何喜欢初物

江户有个说法，吃初物可以延长75天寿命。人们深信不疑，表现出了对初物格外的执着。这种抢先抓住季节的感觉其实也很符合他们急躁的性格。

特别是鲣鱼同「胜男」，意为吉利的鱼，在初物当中更是被推崇。

鲣鱼过了第一天，就迅速贬值，降到1条200文（4000日元）。但是江户儿好面子和固执，硬要在价格最高的首日购买。这种气魄可谓「潇洒」。

所谓的潇洒，或许是打肿脸充胖子？

1. 初鲣：初夏最早上市的鲣鱼。
2. 新看场：又称新场，是继日本桥鱼河岸开设的第二个鱼市。

鲣鱼成为吉利之物的原因

天文六年（1537）在小田原海面上，北条氏纲正在畅饮……

（偶尔小酌一杯，真不错？／美得很。）

突然一条鲣鱼扑腾到了船上。

（啊！啊！）

之后，北条氏纲在船上大战鲣鱼，取得了胜利

（吓！吓！坏了吧？坏了吧？）

于是，出战前吃鲣鱼求吉利的习俗，在武士间流行开来。

（吃鲣鱼／不失利！）

合理怀疑源于谐音梗

大江户速报 (五)

文化九年弥生号

初鲣狂想曲

文化九年(1812)三月二十五日,日本桥鱼河岸新进了17条初鲣。6条被将军家买走,剩下的11条成为市场上竞相争夺的对象。

1条被八百善买走,2条被下谷的某权贵以2两1分购得。

另外,人气歌舞伎演员、第三代中村歌右卫门在新有场[2]以3两(约24万日元)购入1条!据说请了大部屋演员一起享用,着实大气。

当日,第七代市川团十郎、第四代泽村宗十郎也从粉丝那里收到了初鲣,但是舆论风头全被歌右卫门盖住了。团十郎相当不甘心,甚至发誓:"一辈子再也不吃鲣鱼了!"

行商

江户人图鉴 ⑤

Edoiin dicture book

卖小吃的行商基本都是赚点小钱，维持一天开支的打工人。这个行业的缺点是收入不稳定。优点是不需要经验，随时都能做。

Data

活动范围／在路上转悠。
活动时间／自由。
爱好／小钱、赌博。
备注／对『这里有的全要了』『零钱不用找了，拿着吧』会有反应。有钱会立刻花光，最好不要借钱给他们。

❶ 自制感十足的小摊。追求一个人能搬动的小巧和吸引人目光的视觉冲击性。

啊~啊~好闲啊~

❷ 可擦、绑、披的万能抹布。户外活动的必备品！

❸ 香菇、葫芦干拌米饭，用油炸豆腐包起来，这种稻荷寿司很受欢迎。

第六章 每天都是非日常?!

日本人热衷过节的原因

日本人喜欢过节。除了正月、女儿节等传统节日外，还要过西方的圣诞节、情人节等。最近，万圣节、复活节也脱离了原本的意义，演变成了具有日本特色的活动。

其实大家心知肚明，这些不过是商家和广告代理商设的"陷阱"。然而有意思的是，明知是"陷阱"，日本人还心甘情愿地跳进去。这种无节制的过节行为，其实很符合日本人的天性。

日本很多传统节日都是在奈良、平安时代从外国（主要是中国）传入的，可以说是彻头彻尾地依赖"进口"。这些原本在朝廷、公家、武士等特权阶级中流行的节日，随着时间的推移，慢慢地发展成日本独特的文化。

比如五月五日的端午节，就发源于古代中国。农历五月进入梅雨季节，高温潮湿，阴雨连绵，病菌滋生，毒虫出没，俗称恶月。所以形成了在午月（即五月）初，即端午驱邪禳灾的习俗。人们摘艾蒿，喝菖蒲酒，贴辟邪的钟馗像。后来就把两个阳数[1]重叠的五月五日（阳历六月下旬左右）定为端午节。

---

1. 阳数：中国阴阳哲学认为，奇数1、3、5、7、9是为阳数，偶数2、4、6、8是为阴数。

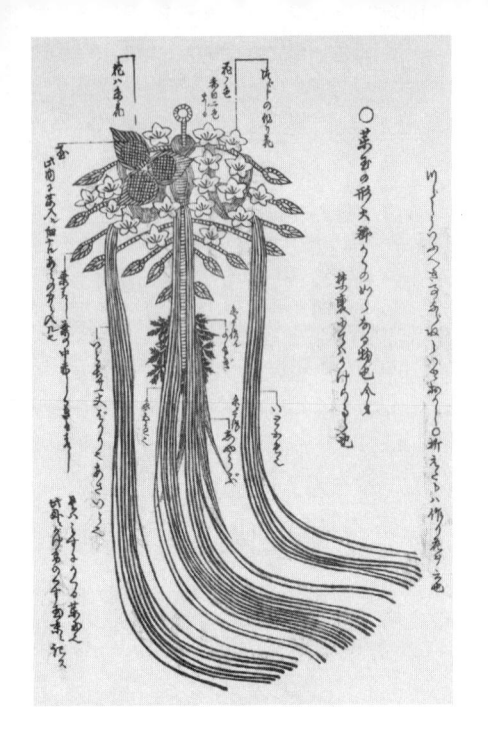

> 这是药玉的原型。真漂亮！比起现在的花篮，我更喜欢这个。

端午节在奈良时代传入日本。当时的史料称之为"药狩""药日"，是以出门摘草药为主要仪式的节日。将草药扎成一个圆圈，绑上五彩丝线，再装饰上花朵做成"药玉"（现在常见于店铺开张或运动会上）。"药玉"是端午节特有的装饰物。

那天，从天皇到诸臣、妻妾都在头冠或发髻上插上菖蒲，所以也被称作菖蒲节。

到了江户时代，端午节又被赋予了特殊的意义。首先，菖蒲的日语发音同"胜负""尚武"，所以端午节又成为祝愿武家男孩茁壮成长的节日。屋外悬挂帜[1]、风幡、家纹旗，家中摆放长矛、头盔、武士画、武士人偶，等等。

除此之外，柏叶一到夏天新叶萌芽，枯叶凋零，人们就把后继有人、家族延续的心愿寄托在柏叶上，所以又诞生了吃柏饼的习俗。

老百姓觉得很有意思，于是纷纷效仿。受武家挂旗帜风幡的

---

1. 帜：细长布条的一端套进旗杆立起来的旗。

启示，江户富裕人家就开始悬挂鲤鱼旗。鲤鱼旗出自鲤鱼跳龙门的典故，寓意男孩出人头地。江户中期以后，鲤鱼旗在老百姓中大为流行，到了幕末，武家也开始悬挂鲤鱼旗，明治以后普及全国。

从下边的风俗画可以看出，现在端午节的原型基本是在江户时代确立的。

天下太平，日子舒心，于是江户人把心思都放在各种年节上，孕育出了丰富的传统文化。日本人喜欢过节的原因就在这里。

把日本的年中节日整理成表，你会发现每个月都有节日。这

端午节这天热闹的市井。一位少年不小心把一盒柏饼打翻在地。旁边有一个卖小鲤鱼旗的大叔。家中摆放武士人偶，门口悬挂菖蒲或蒿草，用来辟邪。

江户年中节日

一月　正月 穀入¹　恵比寿讲²　鴬替

二月　初午　彼岸节 & 六阿弥陀参诣⁴　针供养

三月　上巳节（女儿节）⁴　赶海

四月　灌佛会

五月　端午节（菖蒲节）　开川

六月　嘉祥　土用　夏越祓⁵

七月　七夕 四万六千日（浅草寺）

八月　盂兰盆节 穀入　玉菊灯笼（吉原）

九月　八朔　彼岸节 & 六阿弥陀参诣　俄（吉原）

十月　重阳节（菊花节）

十一月　玄猪　御会式　恵比寿讲

十二月　酉市 颜见世（歌舞伎）　鞴祭⁶ 七五三

　　　　煤扫⁷ 岁市 节分

1. 穀入：用人休假。
2. 恵比寿讲：信仰恵比寿神而举办的祭祀活动。恵比寿神是日本的财神、商业之神。
3. 鴬替：消灾祈福的祭祀仪式。
4. 针供养：指将因折断、弯曲、生锈等不能使用的缝衣针供养到神社的活动。
5. 夏越祓：祈祷下半年无病无灾的神事。
6. 鞴祭：打铁铺的节日。
7. 煤扫：年末大扫除。

六阿弥陀诣是指在春分和秋分，参拜六处的阿弥陀如来，以求菩萨保佑。参拜完一圈24公里，相当于整整一天的徒步旅行。信仰、娱乐两不误，颇具江户特色。

么多节日要过，一年岂不是一下子就过去了？且慢！事情远没有这么简单。

寺社的圣与俗

记录江户后期年中节日的《东都岁事记》中记载了大量与寺社相关的节日。虽说《江户年中节日》一览表中，四月只有一个节日，实际上各地的寺社几乎每天都会举办活动。比如四月的第一周，四月一日是龟户天满宫的雷神祭、灵严寺的弥陀经千部修行，三日是净真寺的弥陀经千部修行，五日是有马家水天宫祭，六日是柴又帝释天祭。

除此以外，初子日还有饭仓顺了寺的大黑祭，初卯日有铁炮洲凑稻荷神社祭礼和山谷合力稻荷的卯花祭，初午日有筑地稻荷社祭礼，等等。每月（或者每日）还要去参拜产土[1]、家附近的稻荷和地藏，信仰之虔诚令人叹为观止。

四月八日，即释迦大人的诞生日，整个江户寺社都会举行盛

---

1. 产土：出生地守护神。

平时限制女性进入的吉原，只有在8月的"俄"期间是开放的。"俄"原本是指艺者临时准备的即兴表演，在这期间，会举行便装游行等等很多有意思的活动。

大的灌佛会，往横卧在花御堂中的"天上天下唯我独尊"的释迦牟尼像上浇注香汤和甜茶。这个习俗一直保留到了今天。

供品叫"hanakuso（日语中鼻屎的发音）"……鼻屎?！应该是"花供御（hanakugo）"的误传！

参拜寺社与人们的日常密不可分，一方面出于虔诚的信仰，一方面作为娱乐。寺社门前，饮食店、小摊铺遍地，甚至还有冈场所。

圣与俗在这里得到完美融合。

江户祭典的顶峰——山王祭

寺社活动中，最受人瞩目的当数各种祭典。特别是对"江户

> 隆重的灌佛会。男女老少聚集在一起，双手合十拜释迦牟尼。

山王祭

三大祭"的神田祭、山王祭和深川祭，人们更是表现出极大的热情。

山王权现的山王祭和神田明神的神田祭又被称为天下祭。因为这两大祭典与德川将军有很深的渊源。祭典的游行队列可以进入江户城堡内郭，供将军观赏。祭典的部分费用也由幕府承担，享受不一般的待遇。

山王权现被奉为"城内镇守之社"，特别是出生于大奥的第三代将军德川家光，及其后面的历代将军对此笃信不疑。宽永十二年（1635），家光在城堡内观看山王祭，从此形成惯例。《东都岁事记》有载"本社的山王祭乃东都第一大祭"，《年中行事大成》有云"三都祭典中，京师祇园会、大坂天满祭与江户山王祭合称日本三大祭"。

自天和元年（1681）起，山王祭与神田祭隔年，即在子、寅、

辰、午、申、戌年的六月十五日举行。

祭典当日，实行交通管制，路口立起栅栏，并严禁从二楼观看祭典队列。

沿街的大名家手持长柄矛和旗帜护卫，警备森严。按理说难得的盛会，不该这么严肃，但作为江户最高规格的祭典，这阵仗或许刚刚好。

第186页的浮世绘就描绘了祭典队列行经大名宅邸密集的霞关，朝着江户城堡肃穆前进的情景。

山王祭的产子町[1]有160多个，南至芝町，西至麹町，东至灵严岛、小网町、堺町，北至神田。祭典节目多达45个，充满创意的彩车让人目不暇接（如上页图）。

神田祭的看点是充满个性的游行队伍！

《江户名所图会》中这样介绍神田祭："江府神社祭礼，以永田马场山王为第一，本社次之。"

关原合战前夕，德川家康向神田明神祈祷胜战，恰巧在神田祭举行的九月十五日取得了胜利，由此神田明神有了"江户总镇

---

1. 产子町：祭祀相同守护神的町。

街上竟然有一头巨象?!仔细一看，象脚下面又露出来很多只脚！这是麹町百姓想象中的朝鲜人队列。沿街百姓端坐在规定区域，静看表演，令人印象深刻。

守"之称。它作为与德川家康有渊源的祭典之一，也办得极为隆重。原来每年一次，后来与山王祭隔年举行。产子町60个，祭礼节目36个，虽然规模略逊于山王祭，但热闹程度丝毫不减。

神田祭最大的看点是各町制作的华丽花车和后面的附祭。

附祭是跟在花车后面热场子的游行，唱歌、跳舞、变装、展示巨大模型等，什么都可以。祭典前日，花车和附祭整装待发。沿街灯笼高挂，旗帜飘扬，酒樽、蒸笼摞得很高……沿街人家设宴招待客人，等待祭典开始。

终于到了九月十五日。在人们的翘首企盼中，晓丑时分（凌晨2点左右）神田祭拉开了帷幕！花车、附祭与神轿、警卫队汇合后，便开始在江户城堡和城下町巡游。

与山王祭一样，神田祭也戒备森严。不过，192页图中本应该山王祭和神田祭的头号山车都是日本桥大传马町的"谏鼓鸡"。中国古代君王在庭中设鼓,如有恶政,希望百姓击鼓进谏。但因君主英明善政,没有机会击鼓,最后成了鸡在鼓上嬉戏,因此"谏鼓鸡"寓意天下太平。

紧闭的二楼窗户,有人在偷偷往外看。与山王祭相比,神田祭的氛围较为轻松。

就这样,被誉为天下祭的山王祭和神田祭,将将军与普通百姓合为一体。

深川祭大事件

说到江户祭典,不得不提深川祭。深川祭是在深川富冈八幡宫举行的祭典,祭典的起源是为了庆祝第三代将军德川家光之子(第四代将军德川家纲)的诞生。宽永十九年(1642)以后,隔年举行。虽然没有将军莅临观赏,深川祭也是与德川将军有渊源的正统祭典。

深川祭的最大看点是神轿。元禄时代,豪商纪伊国屋文左卫门献纳了三座华丽的黄金神轿,便有了与天下祭齐名的"神轿深川、花车神田、大山王(产子町的范围很广之意)"一说。

产子町110多个,除了隅田川东岸的本所深川地区以外,还延伸至永代桥对岸。人们对游行队伍的热切期待引发了日本历史上最严重的桥梁事故。

永代桥是隅田川的河口大桥,元禄十一年(1698),为了纪念第五代将军德川纲吉的五十寿辰而建。全长约200米,是当时

191

神田祭

最有人气的环节是"附祭"。巨型花车在江户町街巡游。

神田明神祭禮

隔年九月十五日に
執行ふ氏子の
町々より練物車樂等を
出だす中にも
大江山凱陣
牛若九奧召下
朝鮮人來朝の學び
おどろ雅に遠迎に聞て
其名高く
最美觀たり

大江山凱陣
東江源鱗書

神田祭上人气最高的附祭《大江山凱陣》，以降伏大江山的酒吞童子凱旋的源賴光一行為原型創作的時代劇巡游。右邊圍着的栅栏外，挤满了看客。

193

日本最长的大桥。由于大桥的维护管理成本高,随着时间的推移,老化腐朽问题很严重。

据《武江年表》记载,某年深川祭上民众爆发冲突,作为惩戒,深川祭被足足禁了12年。

文化四年(1807)八月十五日,深川祭终于迎来了解禁。未料这天天气恶劣,祭典被迫延期举行。十九日,正当天时地利人和,一切准备就绪时,又突然得知第十一代将军德川家齐之父一桥治济要从隅田川乘船来观看祭典,于是在永代桥实施紧急交通管制,将从隅田川对岸过来的百姓拦在桥头。

就在民愤达到顶点之时,交通管制终于解除,前所未有的人祭典当日为了一睹黄金神轿的真容，看客蜂拥而至。

流一齐涌上永代桥，朝富冈八幡宫奔去。

正午时分，永代桥正中央 3 间（约 5.4 米）范围塌陷。现场一片混乱，酿成了 1500 多人伤亡的大惨剧。

偶然目睹这一幕的大田南畝咏下狂歌：

"永代桥落，今日祭礼，明日葬礼。"

在这种情况下也不忘幽默一番的也只有江户人了。在江户人的字典里就没有"慎重"二字?！总之，合掌志哀。

赏花热的背后推手——吉宗

最后再来说一说各个季节的游乐活动。

春天最为人所喜欢的游乐当数赏花。赏花在普通百姓中兴起是在江户时代。江户的赏花名所多与第八代将军德川吉宗有关。

首先，看一下百花之魁的梅花。江户郊外的龟户自古是赏梅胜地，尤以水户黄门德川光圀命名的卧龙梅（枝群似卧龙）最为有名。后来，桀骜将军德川吉宗前来赏花，看到枝条交错，伸至地下，生根繁衍，感慨："世代延续，永无绝断！"遂将其命名为继代梅。吉宗视梅子为吉利之物，下令每年向江户城堡进贡。为了一睹这棵圣树的风采，整个江户的赏梅客蜂拥而至。政府重修此地，取名清香庵，又名龟户梅园，成为一大赏梅胜地。幕末，歌川广重

凡·高临摹过的名画——歌川广重的《名所江户百景·龟户梅屋铺》。卧龙梅的枝丫创造出了一种崭新的构图法，影响了很多世界艺术家。

将其画进浮世绘里，使得这棵梅树更加有名。

桃花名所也与吉宗有关。吉宗将犬公方[1]第五代将军德川纲吉建在江户郊外的一处大型犬舍改造成了桃园，种上成片桃树。

桃花过后便是樱花。当时，提到江户赏花名所，人们首先想到的是上野山。后来山内的宽永寺变成了历代将军的菩提寺，在这里饮酒高歌就不合适了。于是，吉宗在江户郊外的飞鸟山上种了1200多棵樱花，而且亲自带头设宴，与百姓饮酒畅谈，宣传新的赏花名所。

同时，吉宗对江户郊外原来的赏樱名所也做了修缮。比如隅田川上游沿岸，品川的御殿山，等等。

---

1. 犬公方：第五代将军德川纲吉的绰号。因他颁布生物怜悯令，极端爱狗而得名。

左下角的路边摆招牌上赫然写着「樱饼」二字。樱饼作为方便快捷的外卖甜品，非常受欢迎。类似于现在的可丽饼。

196

其实这些举措是享保改革的一环。在质素简约、风俗矫正的号令下，歌舞伎风俗店等娱乐场所被取缔。吉宗明白，政治靠以上压下是行不通的，民众必须要有宣泄口，所以倡导赏花这种健康的娱乐方式。

新的赏花名所都建在江户城外壕以外的郊区，距离市中心甚远。去上一次，得花一天的工夫，中饭只能在外面解决。于是人们带上便当，或在路边摊买上点吃的，聚在樱花树下一边享用一边赏花。

下图是隅田川赏樱的情景。画面中有一个卖樱饼的小摊。樱饼起源于隅田川长命寺的茶屋山本屋，由用盐腌渍过的樱叶包上

> 在深川洲崎赶海。抓到一条比目鱼的大叔笑得合不拢嘴（笑）。

糯米制作而成。据《兔园小说》记载，文政七年（1824）一年就卖出了387500个。樱饼不会弄脏手又便于携带，很快成为赏花季的经典小吃。

吉宗将百姓的注意力转向极具话题性的郊外新名所，试图分散江户城下町过于密集的人口。同时，此举也有意消耗百姓精力，整治当时江户城下町犯罪多发的情况。

后来，吉宗又在小金井等距离江户更远（需住上一晚）的地方，开发了几处赏花胜地。真不愧是桀骜将军！

赏樱季很长。从最早开花的彼岸樱开始，枝垂樱、一重樱、八重樱、迟樱、樱草、染井吉野（幕末出现的新品种），各个品种的樱花在一个月内相继开放。劳作的间隙，约上三两好友赏花嬉闹，可谓是最好的放松。

赶海、花火、水垢离[1]……水边的休闲

天一变暖，江户的水边就开启了休闲模式。

三月、四月是赶海的好时节。特别以三月三日女儿节前后的大潮为最佳。一大早，出船至芝、高轮、品川、佃、深川、中川海域，

---

1. 水垢离：敬神祈祷时的洒水净身仪式。

198

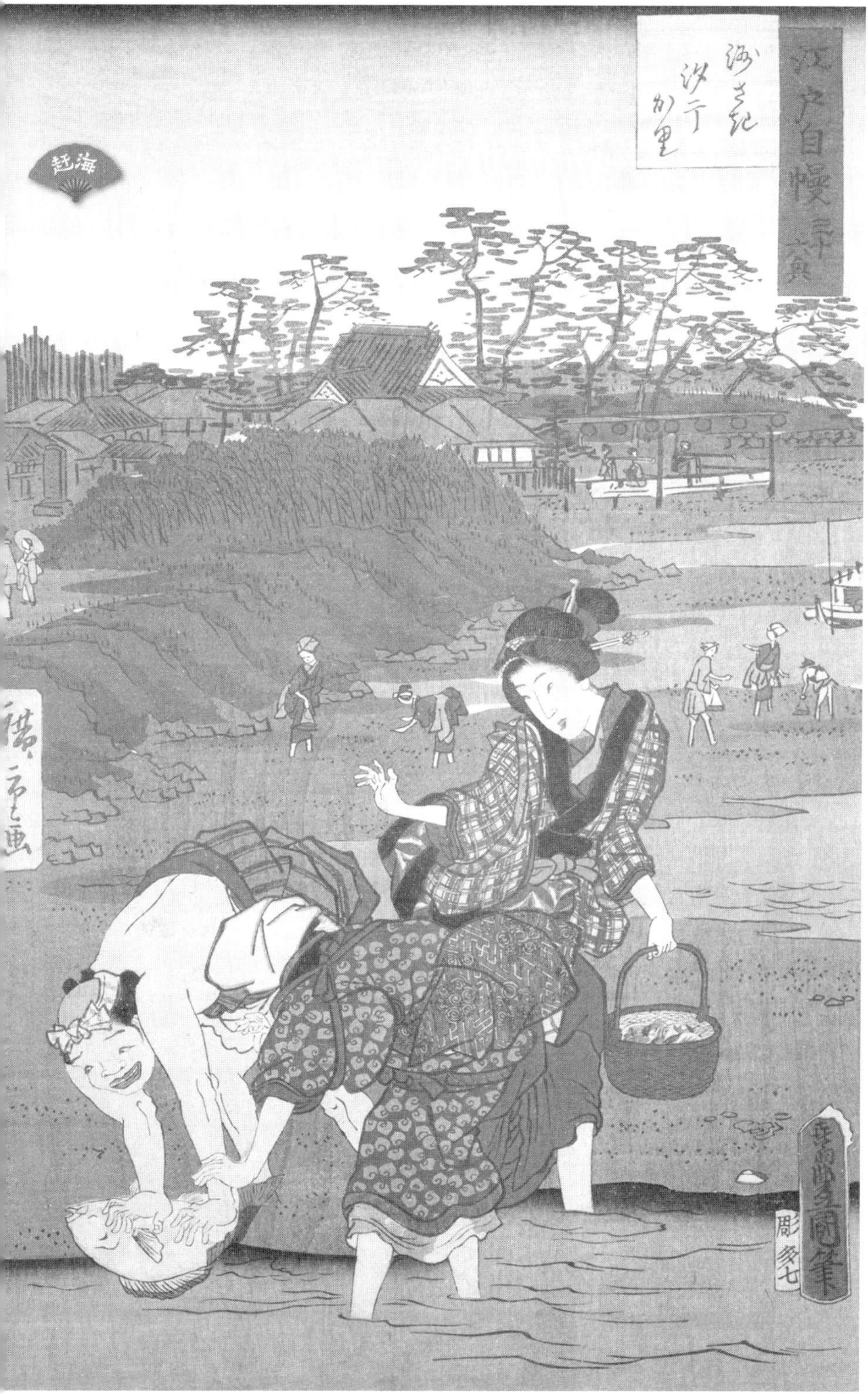
江戸自慢三十六興
彫多七

撒下渔网,待到正午潮水退去,海底变成陆地时,下船捡拾牡蛎和被打翻在浅滩上的小鱼,扒拉出藏在沙子里面的比目鱼,做成美味,宴请宾客。

大型屋形船——川一丸。屋檐上的那几个人应该是艄公,看起来正在休息。

隅田川水边纳凉五月末开放，八月末结束。在这期间，作为烟花大会会场的两国桥一带尤为热闹。享保十八年（1733）纳凉开放日这天，人们举行水神祭，燃放烟花，悼念因饥饿瘟疫死去的人，从此成为惯例被保留下来。两国桥的上下游分别有名为玉屋和键屋的烟花铺，会根据客人的订单发射烟花。所以只要有人下单，每天都能欣赏到烟花。

两国桥上人山人海（如下页浮世绘），根本纳不了凉，于是有钱人就坐上纳凉船，去河面上欣赏烟花。在艺者用三味线弹奏出的一首首小曲中，以烟花为肴，欢饮畅谈。大型船的话，还可以开宴会。河面上转悠着专门卖小吃的船，肚子饿了，可以买点水果或玉米，非常惬意！

六月二十七日至七月十七日，相州（神奈川县）伊势原大山中的阿夫利神社会举办大山诣。这也是一项与信仰有关的水边活动。

首先，在两国桥边上的水垢离场大喊着"忏悔忏悔六根清净"将身体洗净。恰逢隅田川花火季，类似一边欣赏着烟花，一边泡澡的感觉。游船上的音乐与"忏悔忏悔"声交织在一起，异常喧闹。以这里为起点，往大山行走，到达北斋浮世绘中有名的良弁瀑布后，再次沐浴净身，然后入山参拜。回程绕道去江之岛、镰仓，欣赏海边美景，最后在品川宿吃上一顿斋饭，结束旅程。总共四五天的短途旅行，很受欢迎。

除此以外，浅草三社祭、品川牛头天王祭、佃岛住吉明神社祭还会举行水上的神轿巡游。在没有泳池、游泳概念的当时，举

花火

两国桥上只见人头不见桥!热气扑面而来。

《江户名所绘》中被形容为「宇宙第一壮观」的两国桥纳凉的风景。看看这强烈的对比！一边在烟花绽放的河面上优雅泛舟，一边桥上人满为患。这还怎么纳凉！

葛饰北斋《诸国泷回 相州大山良弁瀑布》。在哪儿都能光膀子，男人这点比较好。

204

行这些活动恐怕是借信仰之名入水消暑吧!

人气爆棚的天体秀

九月金秋,是赏月好时节。

农历是依据月亮圆缺而制定的历法。一日为新月,十五日左右为满月。每个月大致有29.5天,由30天的大月和29天的小月组合成一年354天,与公历的偏差则用闰月来调整。

七月的赏月被称为"二十六夜待",即等待第二十六天的月出。这时候的月亮是接近新月的下弦月,等月亮出现也快到黎明了。所以,江户人这种看似对月亮无比虔诚的行为,实则是以月光下阿弥陀三尊会显灵为借口,整晚喧闹罢了。

八月十五日的十五夜是中秋名月。人们通常会摆上15根芒草,15个团子、芋头等供品,因此也被称为芋名月。因为是金秋正中的祭月,所以人们格外用心。十四日为前夜祭,十六日为后夜祭,通宵达旦,非常隆重。

除了十五夜的月亮,九月十三日的十三夜也是名月,因满月前的不完满而受人喜爱。开上船,欣赏月亮倒映在水面上的影子,别有一番味道。除了赏月团子外,还有栗子、豆子等季节性供品,因此这天的月亮也被称为栗名月、豆名月。

十五夜和十三夜两者都要祭,如果只祭其一,会被视为不吉利。

赏月

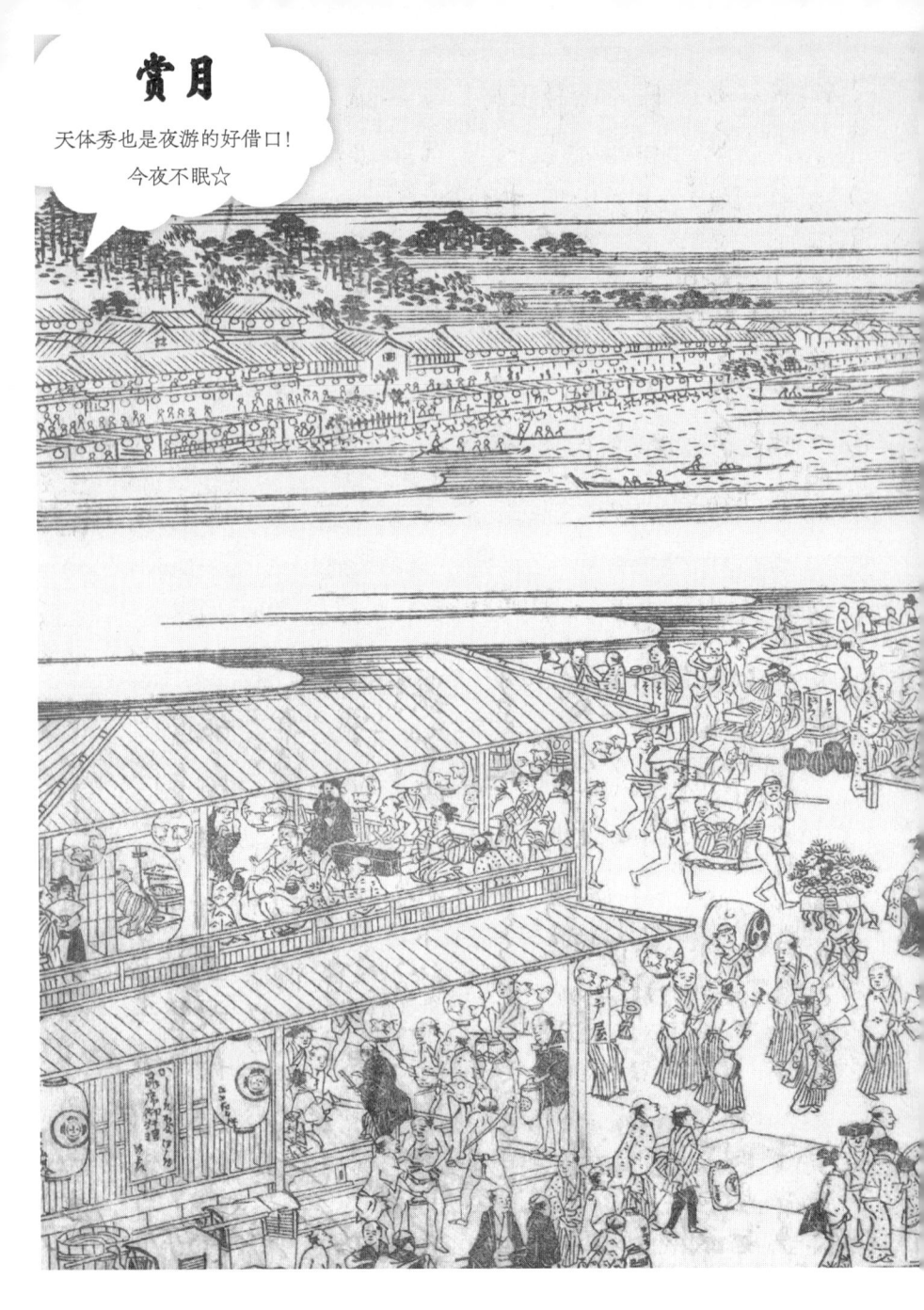

天体秀也是夜游的好借口！
今夜不眠☆

高輪海邊 七月二十六夜待

高轮～品川一带的海边是二十六夜待的名所！天快亮了还有这么多人。人群中还能见到女人和孩子的身影。……大家完全没在看月亮啊（笑）。

在吉原，十五夜来玩的客人会被自动预约上十三夜。

江户人赋予月亮的阴晴圆缺如此多意义，将天体观赏作为一项娱乐，全情投入，这种感性极其符合江户人的天性。不过话说回来，借着赏月过夜生活，恐怕才是本意吧。

与自然共生

秋天还有一项娱乐，那就是闻虫鸣。去道灌山、飞鸟山等郊外名山，听松虫铃虫的鸣叫声。听起来似乎有些无趣，不过，约上两三好友，于山野中小酌、聆听虫鸣，也别有一番雅趣了。

相传是太田道灌的出城（建在国境上的城堡）遗址的道灌山。江户时代是闻虫声的名所。真是好雅兴。

秋风带来丝丝寒意，江户的活动季还未完结。九月九日的重阳节又称菊花节。人们祈求长寿，饮菊花酒，出门赏菊。江户后期的菊花人偶展，深受大众喜爱。

进入初冬的十月下旬，迎来红叶季。上野宽永寺、谷中感应寺、王子泷野川、品川东海寺、目黑祐天寺等都是赏红叶的好去处。鲛洲海晏寺自古就是红叶名所，红叶种类丰富，游客络绎不绝。

十月之后又迎来赏雪季。江户时代在气候划分上属于小冰川时期，平均气温比现代低5摄氏度。所以冬天有30厘米厚的积雪不足为奇。

如此美景佳节，那就尽情享受吧！比如去隅田川泛舟，去登高远眺银装素裹下的江户八百八町。

有钱人就在庭园优雅的料亭设宴赏雪。深川的料亭二轩茶屋更是赏初雪的名所（参考下页图）。喜欢新鲜事物的江户人自然对初雪情有独钟。冒着寒气，推开障子门，进入一片雪白的世界。

以上就是江户人的一年。不难看出，江户人从骨子里深爱着各种节日活动，而且这些活动与四季景物息息相关。炎暑有炎暑的娱乐，寒冬有寒冬的消遣。通过各式活动，感受季节之美，与自然和谐共处。这种生活态度不禁让人再次感叹，"人类于自然之中生存"。而这恰好是快要被现代人遗忘的、理所当然又很重要的东西。

享受自然最大的魅力在于它是一项不花钱的环保活动。引进国外节日也无妨，但在我看来，将江户人的这些环保的节日活动重启是不是更有意义呢？

赏雪

坐在上座的那位力士模样的男子正在端着大酒碗畅饮。本所深川地区有富冈八幡宫、回向院等劝进相扑的比赛场地，他可能是受哪位风流金主的邀请前来赴宴的。

盛夏的吉原，下雪了?!

而在吉原，这一天花魁们会以一身素白，迎接客人。

这还得从元禄时代的一个故事说起。

相传服侍巴屋源右卫门的游女高桥卧病在床，八朔纹日这天常客们要来，她带病穿着白睡衣去迎接。

没想到客人们盛赞她"楚楚可怜"，于是其他游女纷纷效仿，形成了习俗。炎暑日穿纯白盛装看着清爽，犹如下雪，故得名『八朔雪』。

江户城堡和吉原的八朔仪式成为江户的风景。希望今后也能一直延续下去。

吉原活动信息

每年农历八月一日，吉原会举办一个名为『俄』的活动。活动持续一个月。

※ 一般女性也可以自由参观。

【俄】
① 事情突然发生；
② 暂时性的，短暂的。

Before
要把场子热起来
即兴表演。

平时的幕后人员在这期间会装扮成喜欢的角色。

after
装扮成名人、人物（用装可）简单来说，就是扮装活动。

结论：日本人喜欢扮装游戏

大江户速报（六）

文久二年叶月号

八朔仪式，庄严而隆重

文久二年（1862）八月朔日（农历初一），按照往年惯例，八朔仪式在江户城堡隆重举行。

天正十八年（1590）八月朔日，德川家康身穿白单衣入府江户。从此以后，江户的大名在这一天身穿白帷子和长裤，一起登城祝贺将军，便成了惯例。

在所有歌颂家康平定乱世、庆祝江户繁荣昌盛的幕府年节中，八朔仪式是最重要的一项活动。

江户人图鉴 ❻

艺人

Edoiin dicture book

在活动现场出没，耍十八般武艺助兴的街头艺人。

❶ 唱歌、跳舞、做些奇怪的动作吸引人们的注意。

❷「异国风」的装扮很有人气。装扮成各自想象中的外国人形象，表演才艺！

❸ 街头艺人很多都贩卖糖果。他们是为了卖糖果而表演才艺，还是为了表演才艺而卖糖果，不得而知。

Wow Wow

Fu~

Data

活动范围／人群聚集的广小路或活动会场。
活动时间／白天。
爱好／打赏。
备注／爱出风头的他们很受孩子欢迎。给点掌声和笑声，就会让他们兴奋起来。

后记

以上就是结合绘画史料给大家展示的我认为的江户了不起的地方。有些粗略,不知道您是否尽兴?

原稿撰写的过程很快乐。因为史料中的江户人个个活泼有趣。以当下的价值观来评判的话,完全不能说他们的生活有多富裕。没有钱,没有隐私可言,未来也没有保障,屈居于九尺二间的背街长屋,可他们的生活却让人觉得很精彩。你是不是也疑惑,这是为什么呢?

江户时代的日本没有爆发同时期其他封建主义国家普遍性的市民革命。在作为统治阶级的武士和被统治阶级的百姓之间,确实存在身份差异,然而,他们认为这是理所当然的,因此彼此相安无事。武士学习儒教,努力善政。百姓安分守己,以自己的职业为傲,充实自己的人生。由此诞生了歌舞伎、浮世绘、日式料理等众多文化,成为如今享誉世界的宝贵财富。

2020年东京举办了奥运会。作为一名江户时代的忠实粉丝,以及作为一名东京人，我希望能够以此为契机，让更多的人关注东京的历史、文化，重新认识和评定江户。

写一本注重视觉效果呈现的关于江户的书，对于我来说是一个不小的挑战。在此，我要感谢让我自由发挥的PHP研究所的川上达史先生，以及将我任性的设计方案完美呈现出来的浅野邦夫先生和吉田优子女士。

最后，由衷感谢坚持读完本书的你！希望有机会再相见。

堀口茉纯

插画出典

・无馆藏信息标注的文献出自日本国立国会图书馆

・※ 为公版

• 前言

P002~003《江户名所图会》（部分）著・斋藤月岑等，绘・长谷川雪旦等

P004《东海道五十三次 日本桥朝之景》绘・歌川广重 ※

• 第一章

P004~005《改订江户图（弘化年间）》※

P006《金吹方之图》（部分）国立公文书馆所藏

P010《武州丰岛郡江户（庄）图》（部分）

P012《武藏镫》著・浅井了意

P022《绘本江户土产》绘・西村重长

P023《江户名所图会》

P025《北斋漫画》绘・葛饰北斋

P026~027《江户名所图会》（部分）

• 第二章

P036~037《江户八景 日本桥的晴岚》绘・溪斋英泉

P039《江户名所图会》

217

P040 《日本桥鱼市繁荣图》（部分）绘·歌川国安

P042~043 《江户名所图会》

P044 《江户买物独案内》编·中川五郎左卫门

P045 《筑地八丁堀日本桥南绘图》（部分）

P048 《武鉴》

P050~051 《江户名所图会》

P052 《近世义勇传 有村次左卫门》绘·一英斋芳艳

P054 《御上洛东海道》绘·河锅晓斋

P056~057 《隅田川夜渉之图》绘·歌川国周

P058 《月百姿 孤家月》绘·大苏芳年

P058 《伊势物语》（部分）庆长十三年（1608）刊嵯峨本、绘·不明

P059 《江户名所图会》（部分）

P061 《江户名所百人美女 品川步行新宿》绘·歌川丰国、国久

P062~063 《江户名所图会》（部分）

P064 《江户名所图会》（部分）

P065 《名所江户百景 内藤新宿》绘·歌川广重

P066 《东都岁事记》著·斋藤月岑等，绘·长谷川雪旦等

P068 《东海道 铃森》绘·歌川广重

• 第三章

P077 《开化本》著·西村兼文

P080 《南小田原町沽券图》

P081 《孔子缟于时蓝染》作·山东京传

P084~085 《千代田之御表 御大礼之节町人御能拜见》绘·杨洲周延

P086 《北斋漫画》

P087《守贞漫稿》（部分）著·喜田川守贞

P088~089《浮世风吕》著·式亭三马

P090《守贞漫稿》（部分）

P093《浮世床 柳发新话》著·式亭三马

P094《守贞漫稿》（部分）

P095《江户名所道戏尽四十五赤坂之景》绘·歌川广重

P097《守贞漫稿》（部分）

P098《名所江户百景 大传马町吴服店》绘·歌川广重

P099《浮世床 柳发新话》

P100~101《东海道中膝栗毛》著·十返舍一九

P103《江户职人歌合》（部分）著·石原正明

• 第四章

P110《花川户助六·河原崎权十郎 甘酒卖·中村芝翫》绘·明林堂鹤寿女

P111《浮世风俗大和锦绘》（部分）编·桥口五叶

P111《清书七以吕波夏祭团七九郎兵卫一寸德兵卫》（部分）绘·歌川丰国

P112《缟揃女弁庆 竹屋直成》（部分）绘·歌川国芳

P114~115《东都岁事记》

P116《新撰东锦绘 生岛新五郎之话》绘·大苏芳年

P119《三芝居役者给金附鞠歌双六》绘·东竹庵主胜

P120《猿若町地图》※

P120《猿白院成清日田信士》绘·不明

P122《今户箕轮浅草绘图》（部分）

P125《古今名妇传 丹前风吕胜山》绘·歌川丰国

P126《古今名妇传 万治高尾》绘·歌川丰国

219

P127 《三浦高尾·左金吾赖兼》绘·歌川丰国

P128 《新吉原京町一丁目角海老屋内 艳玉野美月》《角海老屋内 大井都樱》绘·香蝶楼国贞

P130 《浮世绘版画杰作集 第一集·铃木春信》编·浮世绘研究所

P132 《当时三美人》绘·喜多川歌麿※

P134~135 《东都岁事记》

P136 《相扑浮世绘复刻第1辑》相扑浮世绘刊行会两国书房

P137 《相扑浮世绘复刻 第1辑》

P138 《一番组 伊组》绘·歌川芳虎

P140~141 《新撰东锦绘 神明相扑斗争之图》绘·大苏芳年

- 第五章

P148 《台所美人》绘·喜多川歌麿※

P149 《江户名所记》著·浅井了意

P150 《小幡怪异雨古沼》编·柳水亭种清

P152~153 《职人尽绘词》（部分）绘·北尾政美等

P155 《京传工夫小纹形》绘、著·山东京传

P156 《神社佛阁江户名所百人一首》笔·近藤清春等

P158 《北斋漫画》

P159 《日本风俗图绘》编·黑川真道

P160 《守贞漫稿》（部分）

P161 《江户名所图会》

P162 《缟揃女弁庆 安宅松》（部分）绘·歌川国芳 [东京都立图书馆特别文库室]

P163 《江户高名会亭尽（山）谷》会·歌川广重

P164 《八百善组立绘》绘·歌川国长

P166《十方庵游历杂记》著·释敬顺等

P168《人伦训蒙图汇》（部分）绘·莳绘师源三郎等

P170《美盾十二史 申 与次郎》绘·歌川国芳

P172《绘本三家荣种》绘·北尾重政

P173《鼻落天狗》著·雀声等

P174《豆腐百珍》著·醒狂道人何必醇

• 第六章

P182《贞文杂记》著·伊势平藏贞丈等

P183《东都岁事记》（部分）

P185《东都岁事记》（部分）

P186~187《东都霞关山王祭谏迂之图》绘·歌川广重

P188《东都岁事记》

P190《东都岁事记》

P192~193《江户名所图会》

P194《东都岁事记》（部分）

P196《名所江户百景 龟户梅屋铺》绘·歌川广重

P197《东都岁事记》（部分）

P199《江户自幔三十六兴 洲崎汐干》绘·歌川广重

P200《东都岁事记》（部分）

P202~203《东都两国桥夏景色》（部分）绘·五云亭贞秀

P204《诸国泷回 相州大山良弁瀑布》绘·葛饰北斋※

P206~207《江户名所图会》

P208《江户名所图会》

P210~211《江户名所图会》

221

参考文献

市古夏生·铃木健一校订《新订·东都岁事记》筑摩学艺文库
市古夏生·铃木健一校订《新订·江户名所图会》筑摩学艺文库
喜田川守贞著 宇佐美英机校订《近世风俗志 守贞谩稿》岩波文库
斋藤月岑著 金子光晴校订《增订·武江年表》东洋文库
寺门静轩著 朝仓治彦、安藤菊二校订《江户繁昌记》东洋文库
松浦静山著 中村幸彦、中野三敏校订《甲子夜话》东洋文库
菊池贵一郎著 铃木棠三编《绘本江户风俗往来》东洋文库
《东京市史稿 皇城篇》临川书店
村井益男著《江户城 将军家的生活》中公新书
深井雅海著《江户城 本丸御殿与幕府政治》中公新书
田村荣太郎著《江户城》雄山阁
铃木理生著《江户是这样被建造出来的》筑摩学艺文库
冈本良一著《大坂城》岩波新书
小田原城天守阁特别展图录《战国最大的城郭 小田原城》
荻生徂徕著《政谈》讲谈社学术文库
石野广通著 东京都水道局编《上水记》东京都水道局
江户遗迹研究会编《江户的上水道与下水道》吉川弘文馆
野中和夫编《江户的水道》同成社
海因里希·施里曼著《施里曼旅行记 清国·日本》讲谈社学术文库
阿礼国著《大君之都 幕末日本滞在记》岩波文库

鹿岛万兵卫著《江户的夕荣》中央文库
福田和彦著《东海道五十三次 将军家茂公御上洛图》河出书房新社
玉井哲雄著《江户町人地相关研究》近世风俗研究会
三井文库编《三井事业史》三井文库
山室恭子著《大江户商业白书》讲谈社选书
吉田伸子著《近世都市社会身份构造》东京大学出版社
山本博文著《格差与序列的日本史》新潮新书
笹间良彦著《图说·江户町奉行所事典》柏书房
南和男著《江户的町奉行》吉川弘文馆
吉原健一郎著《江户的町役人》吉川弘文馆
式亭三马著 中村通夫校注《日本古典文学大系 浮世风吕》岩波书店
式亭三马著 和田万吉校订《浮世床》岩波文库
泷泽马琴著《马琴书翰集成》八木书店
铃木牧之著《北越雪谱》岩波文库
小川显道·宫川政运著《尘冢谈 俗事百工起源》现代思潮新社
早稻田大学演剧博物馆编《从芝居绘看江户·明治的歌舞伎》小学馆
服部幸雄著《江湖歌舞伎》岩波书店
东京都台东区役所编集《新吉原史考》台东丛书
佐贺朝、吉田伸之编《游廓社会1 三都与地方都市》吉川弘文馆
西山松之助著《食物的日本史总览》新人物往来社

223

竹内诚监修《visual wide 江户时代馆》小学馆
明田铁男著《江户 10 万日全记录》雄山阁
三田村鸢鱼著《三田村鸢鱼全集》中央公论社
数字化资料阅览
　· 国立国会图书馆 digital collection
http://dl.ndl.go.jp/
　· 东京大学史料编纂所 datebase
http://wwwap.hi.u-tokyo.ac.jp/ships/db.html
　· 国立公文书馆 digital archives
https://www.digital.archives.go.jp/
　· JapanKnowledge
http://japanknowledge.com/personal/